拥抱最好的你

崔修建———

著

山东城市出版传媒集团·济南出版社

图书在版编目(CIP)数据

拥抱最好的你/崔修建著.—济南:济南出版社,
2021.9

(暖时光)

ISBN 978－7－5488－4800－4

Ⅰ.①拥… Ⅱ.①崔… Ⅲ.①散文集—中国—当代

Ⅳ.①I267

中国版本图书馆 CIP 数据核字(2021)第 190053 号

拥抱最好的你　YONGBAO ZUIHAO DE NI

作　　　者　崔修建

出 版 人　崔　　刚
图书策划　史　　晓
责任编辑　史　　晓　张冰心
特约编辑　陈　新　刁彦如
封面设计　薛　芳
出版发行　济南出版社
地　　址　济南市二环南路1号(250002)
印　　刷　济南万方盛景印刷有限公司
版　　次　2021年9月第1版
印　　次　2021年9月第1次印刷
成品尺寸　165mm×230mm　16开
印　　张　9.75
字　　数　90千
印　　数　1－5000册
定　　价　49.00元

(济南版图书,如有印装错误,请与出版社联系调换,电话:0531－86131736)

一直走在美好的路上

在某个寻常日子里，或某个特别的时刻，我会注视一朵云与另一朵云的亲密追随，会关注一条小河与一座小村的相依相伴，会细嗅一缕花香，会谛听一阵鸟鸣，会从一枚绿叶上读出憧憬的欢欣，会从一片山林中看到成长的惬意；我还会走进喧嚣的人海，感受人间的苦辣酸甜；我会躲进寂静的一隅，品味深邃的人生哲理；我会俯下身来，欣赏一群蚂蚁忙碌的身影；我会翻开一本诗集，抚摸那些温润的词语，思绪漫过星辰大海，也漫过草屋田埂……那么多的美好不停地向我奔涌而来，也引领着我欢喜地一路向前。

我喜欢身边那些触手可及的美好事物，一个染了光阴的老物件，或一款时尚的服饰，或一条新建的文化长廊，或一道香了肺腑的菜品，或一页醉了时光的歌谱……有时，只瞥上一眼，我便会情不自禁地爱上，不由自主地朝那些美好的事物靠近，静静欣赏，慢慢品鉴，细细把玩，还要调动文字，将其一一悉心地记录下来，呈现给更多的读者。

我喜欢那些美好的人和美好的事，历史的或现实的，真实的或虚构的，熟悉的或陌生的，繁复的或琐碎的……喜欢行走其间的盈盈的爱，喜欢浸润其中的纯净的真，喜欢洋溢内外的善。我常常在真切的感动中欣然地拿起笔来，努力地描述那些美好的故事，致敬那些美好的人物，期望能够经常发现美好，捕捉美好，传递美好，珍藏美好。

于是，便自然地有了《拥抱最好的你》这本书。

拥抱最好的你，愿你怀揣一腔的爱，跟随每一缕阳光，去亲近一山一水、一草一木、一石一沙，亲近一只翩然的蝴蝶，亲近一群低飞的麻雀，亲近波光荡漾的湖水，亲近袅袅升腾的炊烟，亲近情思绵绵的春雨，亲近如约而至的雪花……如此美好的亲近，万物会赠你无限春光秋色，会给你循循善诱的教诲，开阔你的视野，增长你的知识，丰富你的情感，陶冶你的情操，升华你的思想。

拥抱最好的你，愿你拥有一颗谦卑的心，走进沸腾的生活，你能够看到璀璨的星光、夺目的鲜花，也能看到卑微的身影、辛苦的劳作；你能够听到热烈的掌声、响亮的足音，也能够听到无声的叹息、无奈的沉默；你能够仰望峰顶、一路勇敢地攀援，也能够量力而行、悠然地转身而去；你能够感恩风调雨顺、种豆得豆，也能够坦然面对无端的霜雪、意外的挫折；你能够耐心十足地等待一粒种子长成参天大树，也能心平气和地接受一条大河的突然消逝……喜剧的美和悲剧的美都会与你邂逅，与你对谈，都会给你慰藉，给你启迪。

拥抱最好的你，愿你一直朝着美好的方向行走。翻阅一页页或庄重或活泼的历史，穿过遥遥的时空，你能够敞开心扉，与那位外国先哲一起探讨生命真正的意义是什么，也能够与那位宋代豪放词人一起把酒临风，高声吟诵"大江东去，浪淘尽，千古风流人物"。你能够与那位探险家一道漂洋过海，领略一路神奇、瑰丽的风光，也能够坐在那位樵夫的小木屋里，聊一聊雪天里开心的事。置身车水马龙、流光溢彩的现代社会，你能够张开双臂，拥抱那位冒着生命危险勇敢逆行的医生，拥抱那位始终默默奉献的种树人；你能够伸出手，为脚步匆匆的快递小哥点赞，向脚手架上忙碌的身影致意；你能够放松身心，与好友忘情地畅叙，或与旅途上的陌生人一见如故……由此，你感谢平凡生活中所有美好的遇见，为自己的生命增添了那么多绚丽的色彩。

拥抱最好的你，愿你懂得拥有好的生命修行，才能真正做到不负流年，不失美好。

在翻阅这本书时，你会看到我真诚的述说，会明白我朴素的心语，或许你也喜欢我玫瑰色的憧憬，或许你也曾像我一样勤奋耕耘，或许你还愿意与我探讨有关成长的话题，或许书中的某一句话会蓦然拨动你的心弦，或许书中的某一个故事会温暖你的一段好时光⋯⋯

我最想告诉你：从美好出发，向美好走去，那一路旖旎的风景将引领你我拥抱丰盈的生命，拥抱最好的自己。

崔修建

2021 年 8 月

目录

第二辑　遇见你的纯真时光

第三辑　不能错过的那些美好

第一辑

拥有一颗欢喜心

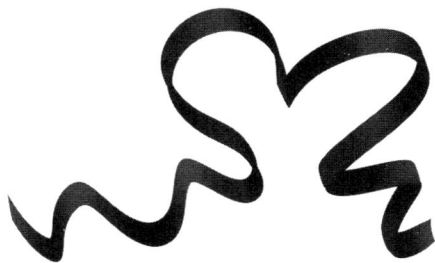

去年的花

初春时节，在一个向阳的山坡上，我又邂逅了那位养蜂人。彼时，他正用铁锹和柳筐费力地将那一大堆残土垃圾搬移到附近的一个大坑里，一趟又一趟，往往返返，像一个现代愚公。

我有些好奇地问他："为什么要把它们移走呢？"

他有些生气地说："那个随便倾卸残土的人实在太不讲究了，把残土卸到这里。他倒是省事了，但压到了我的花。"

"你的花？"我十分惊讶。

"是的，我去年见过的花。"他一脸的认真。

"你的花就在这些残土下面？"我能理解一个养蜂人对花的特殊偏爱，却仍纳闷他为何如此在意这些随处可见的山花。

"是的。你不知道，那些花去年开得有多好，它们还喂养过我的蜜蜂呢！"从他的语气里，我似乎看到了那些花曾怎样亲密地簇拥在他身旁，一如他的亲朋好友。

"你把这些残土都清理干净了，它们就能再回来吗？"我担心它们早已被压死了。

"一定能，离花开的季节还有一段时间呢，一切都来得及。它们今年还会开出漂亮的花。"他十分自信。

"仅仅因为去年遇见过，就特别在意这些花?"我仍有一丝不解。

"遇见，不就是一生的缘吗？今生所有的缘都得珍惜啊!"他竟说出如此令我感动的理由。

我便不再说什么，拎起柳筐，和他一起解救那些受困的花。

残土堆终于被清走了，他小心翼翼地拂去被压碎的那些枯枝败叶，指给我看枯草下面的一些绿色的嫩芽，并惊喜地告诉我："瞧，这就是去年的花。"

我还能说什么？在他闪亮的眸子里，我仿佛看到了一丛烂漫的山花。

那一刻，我突然很羡慕不知名字的他，羡慕他拥有心里那份深深的记得，羡慕他愿意为一份牵挂不辞辛苦。

无处不精心

父亲退休多年了，仍闲不住，他将牡丹江边的一块荒地一锹一锹地开垦成一畦菜园。

我劝父亲："您这么大岁数了，侍弄了大半辈子庄稼、蔬菜，该好好歇息一下了，不要那么辛苦地种菜了。"

父亲却十分认真地告诉我："种菜是一件开心的事，怎么会辛苦呢？再说了，我的身子骨还硬朗着呢！侍弄一下小菜园，也是一种很好的放松方式。每天有事可做，日子过得才有滋味。"

听他一下子说出那么多理由，我便不再阻拦他，任他沉迷于那方小菜园中。天光云影里，有期望，有欢喜，也有失落……

父亲当过40多年的乡村老师，教出了不少很有出息的学生，在乡村里很受人敬重。同时，他也是一个种田高手，一点儿也不逊色于那些地道的农民。他经营的那几十亩田地，无论是种植大豆、玉米，还是种植甜菜、土豆、向日葵，几乎每年都有很好的收成。至于房前屋后的小菜园，也被他照料得瓜香菜盛，年年丰收。

面对乡邻们的夸奖，父亲会欣然地回一句："精心一点儿，谁都能做好。"

早春二月，父亲就开始在阳台上培育菜苗了，大大小小的木槽、瓦罐、铁盆里都装满了他仔细挑选的上好的菜土，然后撒下辣椒籽、茄子籽、黄瓜籽，埋下土豆、地瓜的茎块，时常浇水，时常松土。待菜苗破土而出时，他开心得像捡到了宝贝。

春种时节，他将精心培育的菜苗一一移栽到菜园里。每栽下一棵菜苗，他都要撒一把早已调配好的肥料，浇足水，还要覆上一层塑料薄膜。看到菜苗旁生出一棵小草芽，他立刻毫不迟疑地将其拔掉。他那副认真的模样，颇像一个资深的老花匠。

父亲饶有兴致地忙碌着，日复一日，仿佛在干一件极其重要的大事，丝毫不肯怠慢。

一个周日，我跟随父亲走进小菜园，看他一丝不苟地给黄瓜掐尖，给西红柿搭支架，给茄子除虫……他的脸上始终漾着笑意，似乎那一棵棵蔬菜都是他的知音，他不是在照料它们，而是在与它们亲切地交谈，他懂得它们的心思，懂得它们的喜好……从他沾满泥土的手上，我看到了他的惬意。

父亲割韭菜时，居然是不分高矮一起割，而不是只挑选长得好的割。我惊奇地问他为何如此，他笑眯眯地说道："我怕长得矮的韭菜不高兴。"

韭菜也会闹情绪？我可是第一次听说。蓦然想起父亲说过的很有意味的种菜经验："每棵菜的性子都不一样，得区别对待，有的菜要给足了自由，有的菜则应加以必要的限制。"

父亲的精心付出，自然换来了接连不断的欢喜。各色蔬菜纷纷光鲜地出场，不但摆满了自家的小餐桌，也点缀了不少亲朋好友的餐桌。到了旺季，收获的蔬菜实在吃不过来，父亲便挑一些眉清目秀的，担到早市上售卖。这些菜受到很多顾客由衷的赞叹，很快便被抢购一空。那会儿，父亲自豪得仿佛中了大奖似的。

收完秋菜，热闹了三个季节的小菜园开始安静起来。而父亲仍旧闲不下来，他还要一锹一锹地把菜地全部翻一遍，疏松一下泥土，增添一些底肥，迎接冬雪来临，为明年的春种做好准备。

冬日，父亲从菜窖里取出储藏许久、依然新鲜如初的蔬菜，炒了一盘清爽的干椒土豆丝、一盘醋熘白菜，还用胡萝卜雕了花，放在菜边，小饭桌上立刻充满了温馨。

那天，父亲和我一边剥着花生，一边聊起能在哪儿买到好菜籽的事，他说："选到好的种子，是种好菜的关键，一点儿也不可大意啊。"

他将颗粒较大的花生挑出来，留作油炒或盐卤；将颗粒较小的花生也挑出来，准备煮粥时放一点儿；至于生了霉斑的，全挑拣出来，用来沤肥。

看到父亲那一丝不苟的样子，我仿佛看到了光阴里缓缓闪过的那些单纯的岁月静好，那些无处不在的精心呵护，点点滴滴，皆是出于对生活的热爱。

不着急的多肉

朋友送我两盆自己培植的多肉，并笑着解释道："这是一个新品种，皮实，好养，不用经常浇水，就是长得特别缓慢。"

我喜欢不用费时费力照料的绿植，它长得不着急，我自然也会不着急的。朋友十分懂我，知道我是个慵懒的家伙，干什么都慢吞吞的，火上房梁了也不知道着急。

此前，朋友送我的各种花，没养多久，便一一枯萎了，好不容易活下来的两盆绿萝也一副病恹恹的样子。这皆因我疏于浇水或浇水过量，至于时常松土、修剪和添加营养，我更做不到了。

果然如朋友所言，这两盆多肉是天生的慢性子，一个月只需浇一点点水，大半年过去了，它们几乎跟刚来我家时一般大。它们似乎懂得"一分付出，一分回报"的道理，我在它们身上花费的心思少，它们也无须以繁盛报答我，彼此两不相欠，如此甚好。

偶尔，我翻书翻倦了，会走到窗台前，对着多肉灰绿的身姿赏上两眼，它们那似乎总也长不大的样子，其实也挺乖巧可爱的。

那日，有编辑来催稿，我赶紧厚着脸皮解释："最近一段时间杂事太多，耽搁了，但我一定努力，争取尽快交稿。"

其实，我的生活并不像有些人那样被"千头万绪"缠绕着，我习惯了拖沓，凡事不着急，整天没心没肺的。我知道，凡事不着急并不好，有时应该紧张起来，干脆利落一些，可决心下过好多次，行动依旧如故。

刚放暑假，一位大学同窗便火急火燎地找到我，让我赶紧帮他约请那位名校的名师，给他家刚上初中一年级的女儿一对一地补习英语。

我不以为然地说道："刚上起跑线就急着冲刺，不怕累坏了孩子吗？"

"这都有点儿晚了，她的很多同学从小学就开始一对一地补课了。"同窗一脸的追悔莫及。

"都是家长焦虑惹的祸，整天着急地给孩子补这课、补那课，揠苗助长，没必要吧？"我心有戚戚然。

"敢情你女儿博士毕业了，不用着急了。"同窗觉得我是"饱汉子不知饿汉子饥"。

其实，对于女儿的成长，我也一直不曾着急过。她小学读的是城郊的普通小学，教学质量差，我便安慰自己，女儿可以玩得开心；她上中学时，考试成绩总在年级 200 名以外，我和爱人满意地告诉她："不错，后面还有不少同学呢"；她上大学时，我建议她好好游览一下大学附近的风景，千万别死读书；等她博士毕业了，我更不急了，说她读了这么多年的书，太辛苦了，先玩一年吧，等碰到喜欢的工作，再开始职业生涯……

同窗特别惊讶："你真的不着急吗？现在哪个家长不在抢前抓早？"

"生命如此短暂，着急什么？"我闲云野鹤般地悠然。

"正因为生命短暂，才应该着急啊！"同窗更加困惑了。

"慢下来，才可以好好欣赏注定只能走一次的人生路啊！"我想说，那么多人脚步匆匆地赶路，或许都忘了，有时该慢下来，听一听自己真正的心声。

其实，刚参加工作时，我也是个急性子，恨不得一下子就干出名堂来，整日加班加点地忙碌。结果，一场差点儿要了命的大病让我恍然发觉：不着急的生命也是很美的。

同窗觉得我的话有一定的道理，但依然固执己见，我便不再多说什么，帮他如愿约请到了那位名师，他便知足地走了。

站在街头，望着同窗远去的背影，我蓦然地意识到，同窗的着急亦是无可厚非的，每一种活法都有自己的道理。着急的花朵，有着一次次绚丽的绽放；不着急的小河，有着一天天欣然的流淌。就像我的那两盆不着急的多肉，只要它们活得开心就好，而生命的本质不就是开开心心地活成自己想要的样子吗？

　　谢谢我的那两盆不着急的多肉，让我为一种个性鲜明的活法找到了一个极好的例证。

只看到欢喜

冬日的早晨，天空中闪着几颗星辰，地上撒了一层昨夜落下的薄雪。我刚走出小区大门，站在路口等出租车，扑面而来的一阵寒风就令我赶紧系好羊绒围巾。

这时，我看到一位老人正吃力地蹬着三轮车，车后一位老妇人在帮忙推车，车上装满了盆盆罐罐、案板、餐具。一看就知道他们是去早市摆摊卖炸货的。

"这么早就出摊啦?"我有些惊讶，此刻空旷的马路上除了偶尔有车驶过，几乎看不到一个行人。

"不早了，今天起得还有点儿晚呢! 得早点儿过去把摊支好，把面揉好，等着买主一来，就可以开工了。"老妇人脸冻得有些发红，却掩不住知足的神情。

"真够辛苦的啦!"从他们脸上纵横的皱纹可以看出，他们肯定超过 60 岁了。

"哪有不辛苦的生活呢? 你不也起得挺早的吗?"老妇人似乎早

已洞悉生活的真谛，语气里的淡然自若如风吹叶落般自然。

莫道君行早，更有早行人。转过身来，我又看到前方不远的街角处，一位清洁工正挥舞着扫帚忙着清扫落雪。

我上了出租车，跟司机聊了两句，知晓他真的是昼伏夜出，每天赶"晚八早八"的班。我问他是否感觉到辛苦，他轻描淡写道："还好，已经习惯了。"

突然，我心中有些惭愧。刚接到这次出差任务时，我还在心里暗暗抱怨领导安排的时间太紧凑，要让我起一个大早赶航班，无法睡到自然醒。没想到，周遭竟有那么多人对起早贪黑地忙碌早已习以为常，根本不会抱怨什么。

又是一个春暖花开的周末，我约了朋友去松花江畔的防洪大堤赏花看水。

半路上，突然接到朋友的电话，他笑嘻嘻地告诉我，家里的卫生间跑水了，淹到了客厅的地板，看来今年他要发财了。我逗他："发一点儿小财就好，赶紧淘水吧，别漫到卧室里泡塌了床。"

他让我先逛着，等他一会儿来了，一起去江边那家老菜馆品尝正宗的锅包肉。真是一个地道的吃货，家里都"水漫金山"了，他还这么没心没肺地想着美食。

在防洪纪念塔附近的空地上，我看到一位中年男子正拖着一支巨大的毛笔，蘸着水，在认真地教两个孩子练习水书。平整的水泥地面上，辛弃疾的名句"我见青山多妩媚，料青山见我应如是"湿湿的，被阳光抚摸着，散发出一股命运在握的豪气。

围观的游客禁不住鼓掌叫好。中年男子微笑着向众人致意，然后拎着水桶，继续在旁边蘸水挥毫，宛若一个技艺精湛的书法大家。

不经意间，我从旁边卖气球的那位阿姨那里得知，这位中年男子姓耿，今年刚刚47岁，去年冬天，他被诊断为肝癌晚期，医生断言他的生命最多还能维持6个月。

竟然如此！

我有些伤感地再次看向他，发现他正一脸灿烂地指点着那个小女孩，怎样双手抱住笔，怎样借助臂力，将那个"春"字写好。

正是春光烂漫时节，他的生命即将提前谢幕，他却没有丝毫的悲伤，仍在欢喜地赶着自己不多的路程，并将微笑留下……

寻常的日子里总有各种各样的不如意，然而，我并没有看到太多的悲伤，时常见到很多欢喜的容颜，听到很多欢喜的声音，如春花一样美丽，像阳光一样温暖。

真好，簇拥着欢喜，一路走去，每个日子都多了些动人的明媚。

碗净福至

　　年过九旬了，身体硬朗的祖父还经常与祖母手牵手一起去早市买菜。他们执意要与儿女们分开住，更喜欢自己动手做饭。饭菜简单而素朴，一粥一菜，或一饭一汤。每次用餐，两人都习惯将碗碟里的饭菜吃得干干净净。

　　看祖父母吃饭，他总会情不自禁地想到《棋王》中关于主人公王一生吃饭的那段精彩描写："很小心地将嘴边或下巴上的饭粒儿和汤水油花儿，用整个儿食指抹进嘴里。若饭粒儿落在衣服上，就马上一按，拈进嘴里。若一个没按住，饭粒儿由衣服掉下地，他也立刻双脚不再移动，转了上身找……"

　　如果说在物质极为贫乏的时代，棋王对每一粒粮食的极度珍视是为了先填饱肚子，安身立命，再去追求高超的棋艺。那么，在日子过得相当富庶的当下，祖父母对碗里食物的爱惜则更像是一种自觉的习惯、一种融入血脉里的本能。

　　其实，祖父母的退休金也不低。儿孙们给他们零花钱，他们不要；即便是接过去，随后便找个机会又返给儿孙。他们的生活哲学是：钱够花就行，多了就成了累赘。

那天，恰逢儿子 8 岁生日，他借机张罗了一大桌子好菜好饭，将平日各自忙碌的一大家人聚到一起，推杯换盏，其乐融融。

96 岁的祖父坐在桌前，看着满桌子的山珍海味，啧啧地慨叹："现在的日子真是变好了，想吃啥都能吃得到，都能吃得起。"

儿孙们纷纷问老人喜欢吃什么，将他们喜欢吃的一一推到他们面前。老人家感兴趣的仍是一些清淡的家常菜，说："不管生活变得多么富裕，还是喜欢那些熟悉的老味道。"

重孙子的碗里已夹了许多鸡鸭鱼肉，祖父见了说："等吃完了再夹，别浪费了。"

喝得有些微醺的他不以为然地说了一句："喜欢吃就让他尽兴地吃吧，别撑着就行。"

祖父便不再说什么，只是捧着一个小碗，慢慢地咀嚼不多的米饭，慢慢地品着那几根菜丝，仿佛不认真地咀嚼就有点儿对不起它们。

重孙子的饭碗里剩了不少东西，一大口米饭、半个鸡腿、一只大虾、一块鱼，快有小半碗了。祖父让他代儿子消灭那些没吃完的饭菜，他端起碗放到一边，轻描淡写道："等一会儿把它倒掉，没人会打扫他的剩饭。"

"倒掉？这么好的东西怎么能轻易地就倒掉了？日子过好了，也不能这么浪费啊！"祖父一脸的严肃。

孙媳妇赔着笑脸："我批评一下孩子，让他以后不要再剩饭了。"说着，她要将儿子的饭碗拿走，悄悄地倒掉。

祖父伸手要过那小半碗的剩饭，旁若无人地慢慢吃了起来。

他知道祖父好多年不吃鱼肉了，赶紧从祖父手中抢过饭碗，三口两口，将剩饭菜打扫干净。

"这就对了，老话讲得好，碗净福至。"祖父满意地点点头。

接下来，老人家又给众人讲了一个珍惜饭菜的老故事。

那会儿，祖父和几个工友被一个非常有钱的大户人家请去修房子。据说，这位户主绝对是个大富豪，拥有良田千亩、房屋上百间。只是户主丝毫不张扬，依然穿着朴素，用度极其俭省。

完工的那天，富得远近闻名的户主特意准备了一桌丰盛的饭菜，犒劳祖父和工友。

酒足饭饱后，祖父起身要离开时，他看到了自己惊诧不已的一幕：那位待人和蔼可亲的富豪，正捧着一位工友用过的饭碗，津津有味地吃着里面的剩饭，甚至用馒头擦干碗底的菜汤，把剩饭吃得干干净净。

面对祖父惊愕的目光，富豪却一脸平和地说出了四字箴言：碗净福至。

刹那间，祖父恍然明白了：为何有人会过上好日子，有人却一生受穷，其中有一点特别重要，那就是珍惜食物，绝对不能随便糟蹋每一粒粮食。

那天，他跟我讲述上面这些真实的经历时，深切地感慨道："碗净福至是祖父守了一生的生活信条，也是留给他的弥足珍贵的处世之道。"

我连连点头，读懂那四个寻常字里藏着的丰富内涵很重要，一生认真地践行那四个字更为重要。

独自美好

那天，我约了几位好友，驾车前往中俄边界的兴凯湖游览。

蔚蓝色的天空上，一朵一朵的白云不疾不徐地飘着，好像在寻找着什么，又像在等待着什么，也像一群贪玩的孩子，嬉笑着，玩耍着，一边赏着沿途的风景，一边快乐地赶路。

时值秋日，北方层林尽染，通向兴凯湖的柏油公路两旁多是茂密的树木，高高大大，更有许多藤蔓缠绕，树中生花，花中生树，花叶亮丽，色彩斑斓，沿路逶迤成一道锦绣长廊。车行其间，宛若行走在一幅幅徐徐展开的油画之中，美不胜收。

湖西，一望无际的金黄色稻田正在秋阳暖暖的抚摸中恣意地泛着灿灿的金光，那是画家的画笔难以描摹的眩目景色，自然地伸展着东北特有的无边辽阔。

站在蜿蜒的湖堤上，极目远眺，浩淼的湖水直铺向遥远、苍茫的天际，湖面水波荡漾，微风拂过，湖水卷着雪白的浪花一次次冲向柔软的沙滩，怕晒的游客躲到了彩色遮阳伞下，喝茶水，吃西瓜，看美女；喜欢玩的游客索性将身体埋进细细的湖沙里，惬意地打着盹；更多的游客则纷纷扑进湖水里，尽情地戏水、玩闹，与湖水亲密相拥。不远处有三两渔船来来往往，更有游泳健将在深水区恣意地劈波斩浪……

古名为北琴海的兴凯湖，存于斯已有亿万年。遥想那些没有游人光临的岁月，它就那样独自美丽着，无言地美给浩瀚的苍穹看，美给四季飞过的众鸟看，美给周遭葳蕤的草木看，从容，自信，浸着沧桑。

一位来自大兴安岭林区的女诗人平静地告诉我，这世界上最持久的往往是那些不为人所注意的独自美好。

她常常一个人走进北方的大山深处。有时，她会紧紧地抱住一棵孤独的白桦树，抚摸着它身上那些如黑眼睛的疤，听风哗啦啦地摇响叶片，探询的目光顺着树梢伸向深邃的天空。有时，她会跟随一只蹦蹦跳跳的蚂蚱，翻过起伏的草茎，到前面认识一株叫不上名字的小花，或者干脆闭上眼睛，静静地听草丛里不知名的鸟旁若无人地鸣唱，想象《诗经》里的某个幸福的场景。

那一刻，树美给自己看，花美给自己看，连同寂寂流淌的山溪也在独自美丽着。

在网上听到一曲现代与古典自然融合的音乐《独美》，曲中有细细的雨丝在粉红花瓣上轻轻滑落，两只忘了回家的蝴蝶翩然于青青的芳草地，悠扬的琴音含着一缕淡淡的忧伤，从时光静好的山谷缓缓升起，薄如纱的雾慢慢荡过青苔暗生的林木，湿滑的鹅卵石透着孤独的凉意，那些不事雕琢的天籁之声瞬间便慑住了我的魂魄。

那样惬意独处的夏日午后，我豁然发觉：有时，一曲便可以洗尽人生。

朋友向我推荐作家钱红丽的散文集《独自美好》。翻开书籍精致的封面，展卷一读，竟不忍释手。我一路跟随着作者，或认真地抚摸一个个活色生香的时令；或徜徉于空气清新的田园，嗅泥土的芳香，赏荒草萋萋，品瓜果蔬菜；或穿过城市的喧嚣，在滚滚红尘里感受日常家居生活的悠然；或进入一首首古诗词里，于另一方纯净、深邃中领悟生命的静美……更有作家信手拍摄的那些美图，一幅幅穿插于那些简洁而清爽的文字中间，亦是不容错过的风景，让我慢慢地一品再品。

掩卷独立，楼下收废品的吆喝声由近及远，很有烟火味儿，又不失某种亲切的诗意。

见一位小学教师的书法作品，有一种直逼心灵的优雅之美，远胜于某些所谓大家花哨的"获奖佳作"，便好奇地问她："字写得那么好了，为何从不参展、参赛？"

她莞尔："自己写字的时候，一心欢喜着，就足够了。"

不被名利惊扰，亦不去扰人，我愈发敬佩她心若止水的平静，敬佩她孤芳自赏的美。

一丛幽谷中繁盛地绽放的芍药花极少有人知晓，那又何妨呢？它们只管独自美丽着，美给今生的好时光，美给自己欣赏。

第二辑

遇见你的纯真时光

初相逢

很多的初相逢是叫人心生欢喜的。

不管是期盼已久的，还是不期而遇的；不管是意料之中的，还是意料之外的，尘世里欢欣的初相逢都是难得的缘，甚至梦中的初相逢亦是值得咀嚼的。

初相逢，在随手翻开的一本书上。那个陌生的国度、那条弥漫着历史烟尘的古道上、那个潇洒的行者、那些带有传奇色彩的故事，只在一瞬间便点燃了一颗青春飞扬的心，让缤纷的想象迅速漫过遥迢的时空，一路追随行者跋涉的身影，去赶赴生命中一场美丽的约会。

那一刻，阳光像双温柔的手，正摩挲着薄薄的书页，一行行文字展开辽阔的远景，那绚丽的云霞、那延展的草海、那被风轻吻的牛仔帽，几幅漂亮的插图恰似亲切的特写。最爱暮色中向远处眺望的行者，隔了万水千山，我仍能清晰地听到他怦怦的心跳，能感受到他漾着幸福的微笑，他是那样平和而慈悲。

初相逢，在一次远行的列车上。彼时，翻倦了手机里各类信息的我，抬头望向坐在对面的她，主动送上一个微笑，马上赢得了她回馈的一个微笑。几句简单而真诚的寒暄，立刻就掉落了陌生，驱走了隔阂，仿佛他乡遇故知，两人很快便畅谈无忌了。

其实，心与心的距离有时真的很近，只需一个有意思的话题。

她是一家证券公司的金领，偏偏喜欢乘坐高铁，喜欢看窗外不停地向后飞驰的风景，一站又一站，仿佛生命中的一个个时段，倏忽间就成了记忆里的"曾经"。而我，一个喜欢写情感美文的大学老师，每天行走在校园里，眼前晃动的尽是青春灼灼的身影，自己似乎也跟着年轻了许多。

聊起难忘的大学时光，她一下子打开了话匣子，以无比怀恋的语气，向我描述起她当年的囊中羞涩。在那些窘迫的日子里，她遇到了很多好心人，有的仅仅是萍水相逢，却给予她亲人般的关心和帮助，那么真，那么暖，冲淡了她生命里的苦涩，让她满怀感恩地对命运说"不"，咬紧牙关隐忍，不吝汗水地打拼，努力活成了自己想要的样子。

还记得大学毕业时，被分配到偏远林区小镇的一所中学的我，颇有些"怀才不遇"的愤愤不平。刚入职时，我似乎什么都看不惯，经常发牢骚。

那天，与从山下林场调上来的孙老师第一次见面，他谦逊地说要拜我这个中文系毕业的才子为师，学习诗歌创作。我唉声叹气道："这个破地方，一点儿诗意都没有，还写什么诗呢？"

孙老师忽然一脸严肃，大声呵斥我："没有诗意？那是因为你的心灵黯淡了，你的世界自然也就黯淡了，瞧你这颓废的样子，真让我瞧不起！你要是不喜欢这里，就赶紧滚到你喜欢的地方去，别站在这里怨天尤人！"

我和办公室里的几位老师都猛地愣住了，刚才还和颜悦色的孙老师，竟突然冲我发起火来。而我和他刚刚见面不过几分钟啊！

孙老师雷霆般的呵斥在我的肩头猛地一击，我恍然明白了：抱怨，只是无能的表现；奋斗，才能证明自己的优秀。

多年后，我因为出色的教学成绩和大量的创作成果被调入省城的师范大学，当上了少年时就憧憬的大学写作老师。对于这一切，我特别感谢与孙老师的初相逢，感谢他那让我豁然省悟的一顿"棒喝"。

在许多平淡无奇的日子里，初相逢像投入静静湖水里的一枚石子，会陡然响起清脆的回声，激一串涟漪，荡一片波光云影，让思绪悠悠地散开。

那天，我在晚市上闲逛，见到一位年近九旬的老人正在卖自己绣制的鞋垫。鞋垫上那朵喜庆的牡丹花特别惹眼，我立刻就爱不释手了，赶紧买了五双，打算自己留两双，剩下的送朋友。

老人得意地告诉我，她的退休金都过万了，根本就花不完。她自己做鞋垫，蹲在市场叫卖，不是为了赚钱，而是想让自己有点儿事做，不荒芜了日子。

我冲她竖起大拇指，赞叹她的心灵手巧，更赞叹她"不荒芜了日子"的生活态度。

在嘈杂的市场里，这样的初相逢在不经意间便让一抹惊喜闯入眼帘，让一股感动撞击心扉，如同在某一档电视文化节目中，蓦然看到一件新鲜的事物，听到一段新奇的故事，欢悦之余，不禁感慨不已。

一位诗人曾跟我说，有时，我们走长长的路，只不过为着某一刻怦然心动的初相逢。

而我要说，初相逢，只是一个美好的开端，后面枝繁叶茂的情节，更需慧心地演绎。

永远的纯真

曼馨定居巴黎有 20 多年了，因为一个重要的学术会议，回到长春，约我和几位交心的同窗小聚。

读大学时，曼馨是班级里年纪最小的女孩，长着一张娃娃脸，两只黑葡萄般的眼睛清澈得似乎一下子就能流露出全部心事。第一次开班会自我介绍时，她捂着胸说自己紧张得像怀里揣了个小兔子，惹得大家哄笑，她就像一只可爱的萌兔，天真十足。

那是 80 年代末期，各种诗潮风起云涌。中文系成立了一个诗社，喜欢童话的曼馨被我这个"校园诗人"用一堆赞美之词拉了进来。

那会儿，我长发凌乱，瘦削的脸上架着一副高度近视眼镜，整个人似乎都被诗歌绑架了，上课经常走神，没少挨老教授的批评。快到期末考试时，我就把曼馨的各科笔记全都借来，一顿疯狂的恶补，效果竟出奇地好，居然大学四年没挂过一科。曼馨有些崇拜地说我聪明，要不然也写不出那样动人的诗篇。

那真是我们的纯真年代。我不但替寝室的兄弟写情诗，帮他追到了在北京读书的女友；还以曼馨的口吻写了好几首朦胧诗，帮她追到了物理系的帅哥小君，如今两人夫唱妇随，伉俪情深。

多年后，同学聚会时，大家还嘲笑我这个昔日的"情诗王子"曾帮助不少有情人终成眷属，自己的爱情却总是磕磕绊绊。我笑称："那是因为我喜欢成人之美。"

青春的记忆里涂抹了许多烂漫的色彩，充满诗意而又清新纯净，偶尔也可以抚慰一下粗糙的日子。

我和曼馨、力家、晓月并肩走过长江路步行街，我们的脸上都如眼前这条百年老街，写满了可以触摸得到的沧桑。年轻时我们喜欢谈论沧桑岁月，总以为那四个字与成熟密切相关。如今才恍然发觉，那只是意味着生命中的许多美好再也回不去了。就像那次我们四个人一起逃课，只为去见见我们心中仰慕的诗人舒婷。如今，那种年轻的任性早已随风而逝，虽已年过半百，但此时此刻，我们依然有不少的纠结和感慨。

我们走进一家东北老菜馆，点了曼馨喜欢的锅包肉和酸菜血肠。力家供职于一家报社；晓月在机关单位挺清闲的，每天数着天数等待退休；我还在那所大学里教书，也写些文章赚点儿稿费。

曼馨说，她不但手头还保留着我在大学期间写下的那些诗歌，而且还能将其中的一些诗歌完整地背诵下来。说着，她便起身，摇晃着脑袋，声情并茂地朗诵起那首《走向远方》。

时间仿佛一下子又回到了30年前。我们一起举起酒杯，我清晰地听到许多梦碎的声音，那隐隐的疼痛犹如春天里猝然凋落的一片绿叶。

曼馨出国后，为了不给中文系的人丢脸，一鼓作气，连续读完了硕士和博士学位，还进了两次博士后流动站，在法国真正当了一回"学霸"。力家打趣她："谢天谢地，你没跟着'诗人'走上歪路。"

"哪里会呢？一个诗人即便是再坏，还能坏到哪里去？"晓月还记得我喜欢如此自夸。

聊起诗歌，我们很快便说到了北岛、舒婷、顾城、海子，还说到了张艺谋的电影、莫言的小说、史铁生的散文，以及他们的人生遭遇，好像他们都是我们的邻居，曾看着我们走过那些青涩而不乏激情的时光。

曾经，我们那么热诚地想活成自己心中偶像的样子，可滚滚红尘最终让我们活成了连自己都感觉有些陌生的样子。也许错的不只是我们。就像一只正常行进的小船，被骤然卷起的巨浪狠狠地推到了某个港湾，不甘、无奈之余，甚至还要说声谢谢。

送曼馨回宾馆的路上，看见卖糖葫芦的，曼馨的眼睛立刻亮了起来，大声地招呼我："快请我吃一回，让我嘴巴更甜一些。"

我看着她孩子般沉醉地啃着糖葫芦，记忆里模糊的画面一点点地清晰起来，一种久违的感动忽然涌来。我的眼角一阵灼热：无论世事如何变迁，总会有些东西永远年轻，比如友情，比如被露珠润亮的绿地。

　　曼馨举着糖葫芦，就像当年在大二迎新晚会上，她表演舞蹈《采蘑菇的小姑娘》时那样，手舞足蹈，将前两天在国际学术会议上的正襟危坐远远地甩开了。

　　谁说纯真年代已经走远？望着曼馨旋转的身影，我陡然发现：其实，永不褪色的纯真一直都在，只要拥有曼馨此时此刻的心境。

半福堂

半福堂，是一个小得不起眼的饭馆，藏在哈尔滨的一条窄巷里。

饭馆老板姓余，不到 50 岁，谢顶多年，胖乎乎的，慈眉善目，喜欢站在门口，像个没什么心事的门童，满面春风地迎来送往。

半福堂，是个有味道的名字，颇具百年老店的神韵。我喜欢有味道的东西，譬如一件雕花镂凤的老家具，或一把锈迹斑斑的镰刀，隔着长长的光阴，仍能清晰地嗅到某些沧桑的味道。

能够给一个十分寻常的小饭馆起一个味道浓郁的名字，起一个让人浮想联翩的名字，那个人该有着怎样的一颗玲珑心呢？

我愿意舍近求远，穿街走巷，去老余特色鲜明的饭馆。有时只为点一盘尖椒炒干豆腐，或点一盘鱼香肉丝，或点一屉驴肉蒸饺，有时干脆什么也不点，只为见一见老余，瞧瞧他那悠然自乐的样子。

饭馆的味道，不单单取决于饭菜，还取决于就餐的环境，取决于经营者的精神风貌，从里到外，从实到虚，处处皆有味道的饭馆，自然会散发出不可抗拒的诱惑。

半福堂的年龄比老余还要大，它是老余的曾祖父留给祖父的遗产，再传到他的手上时，已超过整整一个甲子了。

老余大学毕业后，原本在市工商局上班，工作一直顺心顺意的。那年，老余的父亲突生重病，他不想让半福堂的生意夭折在自己手上，便硬逼着老余辞去了那份待遇不错的工作，回来全身心地照料饭馆。

近几年，饭馆周边盖起了一栋又一栋高楼，也出现了好多家高档酒店。饭馆所在的那片区域几次被列入动迁规划，饭馆的侧墙上面还留着一个大大的"拆"字。老余的邻居们换了一茬又一茬，而饭馆仍在经营着，生意算不上兴隆，但也没萧条到门可罗雀。对此，老余也始终是一副云淡风轻的样子。

一日，跟老余闲聊，聊到饭店经营的话题，我慨叹："这年头，开一家饭店很容易，想要持久地开下去却很难。几乎每天都有一些饭店开张，一些饭店倒闭。半福堂能开这么久，实在难能可贵。"

老余淡然道："这几十年来，半福堂的经营也是磕磕绊绊的，兴盛过，也衰落过，甚至也面临过关门闭店的危机，但最终还是挺了下来。只因几代人都守着一个相同的理念，那就是开饭馆要赚钱，更要赚幸福。"

"赚幸福？"我有些困惑。

"是啊，不管是经常来的老顾客，还是偶尔光临的新顾客，踏进门来，就像回到一个熟悉的老地方。点上几道喜欢的家常菜，一边品味着，一边打捞时光里某些难以磨灭的记忆，那饭菜里便多了一些非同寻常的味道，顾客心里自然就有了一种难以言说的幸福。看到顾客开心地来，开心地去，我也跟着开心啊！"

"原来如此！"我若有所悟。

尽管经营了这么多年，半福堂的菜品更新得很少，根本算不上"高大上"，但每样菜品都很接地气，很亲民，就像店里那些老胳膊老腿的旧桌凳，一点儿也不时尚，却有着古风古韵。

我问老余："半福堂这个名字是谁起的？里面融入了怎样的情怀？"

老余告诉我："听说是祖父的一位当官的朋友帮忙起的名字，意指钱财不贪多，幸福不独享，一半幸福赠予顾客，一半幸福留给自己。"

"有福同享，有福同品，不仅是一种值得赞赏的经营理念，还是极好的为人处世之道。"我敬佩那位命名者的聪慧，心中不禁猜想：为人，他定是一个琴心智者；为官，他也必然是一个受人敬重的好官。

有时，我也会跟慕名而来的年轻顾客聊上两句，问他们为何来这个老旧、落伍的小店。他们笑着告诉我，是来感受一下长辈们时常念叨的老味道，抚一抚浮躁不安的心……

我欣赏这个词语——老味道。

不只是我这个一大把年纪的人喜欢上了老味道，年轻人也喜欢上了，即便是我们的喜欢大不相同，那又何妨？有时候，我们寻寻觅觅的正是一种直抵心灵深处的味道。

听说半福堂要搬家了，我特意去了一趟，什么菜也没点，只是去坐一坐，像是去辞别一位即将远行的老朋友。我的眼睛红了，老余的眼睛也红了。走出巷口，我忍不住回头，看到老余挥动的手，像一根柳枝在风中摇曳。

一晃一年多过去了，我因整日忙着赶写两本出版社催得很紧的书稿，竟然再也没去过半福堂。

春花三月，我倒了地铁和公交，再次走到那个熟悉的巷口，那里已变成机器轰鸣的工地。

一日，外省的一位文友请我推荐哈尔滨有名的老饭馆，我脱口而出："去半福堂吧。"

随即哑然，我恍然发觉：有一种美好的味道注定无法忘怀，就像生命中某些细碎的情节，时光越是流逝，反而越是清晰。

其实，你也是富有的

1

辛虹是班里新转来的学生。第一次走进教室时，她怯怯地，脸上挂着明显的自卑。

刚上了两周课，数学老师就跟我说，辛虹的数学基础不是一般的差，许多简单的题她都不会做，可一看到她那焦急的神态，又不忍心批评她。

我就提议："那就多给她'开点儿小灶'吧，特殊关照一下。"

数学老师说："急不得，一步一步来吧。好在她是一个用功的孩子，成绩会好起来的。"

英语老师也跟我慨叹："辛虹的英语听说能力太差了，我送她一个复读机，准备盯她一学期，说什么也不能让她掉队。"

我跟英语老师解释："听说她的家境不太好。她原来就读的是一所条件极为简陋的郊区学校，好老师几乎走光了，能把各门课开出来就不错了，有的年轻老师一个人要承担几门课，她各科成绩不理想是难免的。不过，她的语文学得还不错，她的理解能力和表达能力我感觉还可以。"

对于她这样没有什么家庭背景、生活条件不好、学习基础薄弱的学生，我们几个老师不约而同，都没有一丝的嫌弃，反而都一心想着要帮她一把。

英语老师打趣道："这是为什么呢？"

我笑了笑说："因为她在我们的心里是一个可爱的孩子。她学习不好，我们就多帮帮她。没准儿有一天，她会变优秀呢！"

其实，从看到辛虹的第一眼，她那丑小鸭般的样子就让我立刻想到了当年的自己。

还记得我刚升入那所乡村中学时，成绩一塌糊涂，父母几次叫我辍学回家帮他们干农活。班主任坚持把我留在学校，他说，就像没有一个农民是天生的种地能手，好的学习成绩也都是一天天努力得来的，轻言放弃，会后悔一辈子的。

后来，因为老师的鼓励和帮助，我学习异常刻苦，成绩日渐提高，考上了县重点高中，之后又考上了省城的师范大学，还留在了哈尔滨。

多年后，父母一再感叹，幸亏当初老师和我都没放弃，不然，我的人生恐怕会是另一种样子。

辛虹虽然有些自卑，但也有着可爱的不屈服。或许正是她那要强的劲头，让我和其他老师一下子就喜欢上了她，尽管她学习成绩不太理想。

2

在我的班级里，家庭条件好的学生很多，从他们的吃、穿、用上就很容易看出来。

那天，在教学楼走廊里，我听到两个外班的学生在谈论辛虹，语气里带着显而易见的嘲笑。

一个说："瞧她那土样，扎辫子的皮筋肯定是一块钱就能买一大把的那种。她穿的那种鞋一看就是便宜的地摊货。"

另一个补充道："还有，她那个老式的书包早该进废品收购站了。"

一个自信地断言："我敢打赌，她肯定没去过西餐厅，根本不懂摆弄刀叉。"

另一个自负地宣告："到国外旅游，恐怕她连在梦里都不曾有过。这个暑假，妈妈准备带我去欧洲旅游。"

一个也不无炫耀道："我暑假去夏威夷，去看在那里工作的姑姑。"

见我走近，那两个学生赶紧闭嘴，一溜烟地跑进了教室。

我班里是否也有如此嫌贫爱富的学生呢？我希望我的学生明白富有的真正内涵，便决定召开一次"谁是真正富有的人"主题班会，让同学们先课下分组讨论，再推举小组的发言代表，用演讲的方式讲述同学们心目中真正富有的人。

我的话音刚落，一个男生当即脱口而出："我觉得我就是一个真正富有的人。"

有几个男生也在一旁起哄："你是真正的富有，富得冒油了。"

我提醒他："先理解什么是真正的富有，然后说一说你感觉自己富有的理由，再与同学们交流一下，看看大家是否支持你的看法。"

"也许我是一个真正不富有的人。"有一位女生自卑地小声嘀咕了一句。

"也许你的感觉是错误的呢，请你也说出自己的理由，让同学们评议一下，看看你的说法是否正确。"我先不给出评价。

那天辛虹做完值日，要出校门时看到我，小声地跟我说："老师，我觉得咱们班级里每个人都是富有的人，除了我。"

"在我看来，你也是一个富有的人，只是你尚未发现。"我开导她。

"我也是一个富有的人？"她有些好奇。

"是的，仔细想想，你所拥有的，或许正是别的同学缺少的呢！"我进一步启发她。

3

周末，从外地来了两位朋友，我陪他们逛了哈尔滨著名的中央大街，游览了太阳岛，晚上准备请他们去一家东北菜做得很地道的老餐馆，他们却坚持要去"网红"的师大夜市，品尝一下哈尔滨的特色烧烤。

华灯初上，位于师大西侧门的夜市早已人头攒动，一家家烧烤摊位紧密相连，各类烤品琳琅满目，空气里弥漫着林林总总的香味。我和朋友一时不知该如何选择，于是决定先考察一圈。

在一家稍显冷清的烤冷面摊前，我忽然看到戴着一顶小白帽的辛虹，她正像一个颇有经验的小厨师，手法娴熟地翻烤着冷面！她妈妈则在一旁认真地卷着冷面。

辛虹见到我，惊讶道："老师，您是来吃烤冷面的吗？"

"是啊，给我来三份吧，让我的朋友也品尝一下你这个小厨师的手艺。"

"在哈尔滨的夏天里，也能吃到正宗的烤冷面啊！"朋友惊奇地站在摊前大口吃起来。

辛虹的妈妈不好意思地跟我解释："其实，我一个人也忙得过来，可她非要跑来帮我……"

我赶紧安慰她："这证明她是个懂得心疼父母的好孩子，但不要影响了她的学习。"

"老师，不会影响的，我会挤时间学习的。"辛虹赶紧向我承诺。

"老师相信你！"我冲她重重地点头。

"遇到您这样的好老师，真是孩子的幸运。她跟我夸过您，说您对她挺好的……"辛虹妈妈的脸上洋溢着知足与感恩。

我微笑着说："那是应该的，每一个学生都是我心中的宝贝。"

4

离开夜市，我又去了朋友住宿的宾馆，与朋友海聊了一通，才意犹未尽地告辞。在路口等出租车时，我远远地看到辛虹正帮妈妈推着三轮车穿过马路，车上满载着烤具和盆盆罐罐。

此时已近午夜，大街上的行人和车辆已十分稀少。

"生活着实不易，但你必须奋然前行。"前几天在一个微信公众号上读到的一篇励志美文的题目，倏地滑入我的心海。

我忽然想起辛虹曾在一篇作文中写道："我看到了午夜的星星，

稀稀落落的几颗，却执着地闪烁着光芒，微小却很有精神。"

我不由自主地仰起头，望向久违的城市夜空。这么多年了，一直忙忙碌碌的我，居然第一次发现我所在的城市夜空里星星真少，全然不像儿时在乡村里时常看到的繁星满天。

后来，我得知辛虹的父亲很能吃苦，他在一家建筑工地打工，两年前不幸从高高的脚手架上摔下来，虽然保住了命，却瘫在了轮椅上。

然而，说起父亲来，辛虹却是一脸的自豪："父亲特别会讲故事，也不知道他从哪里听来的那些好故事。他的手很巧，现在还经常帮我梳辫子呢。还有，他的厨艺也不错，他炒的醋熘土豆丝特别好吃。"

听了辛虹的夸赞，我有些好奇地提出去见见她的父亲。她迟疑了一下，还是答应了，但有些羞涩道："我家挺穷的，但愿不会吓着老师。"

"怎么会呢？如果你说的穷是单单指物质上的，其实并不可怕。"我提醒道。

她似有所悟地说道："父亲也跟我说过，我们不和别人比物质条件，就比每天谁更开心。"

这话说得多好啊，我愈加想立刻见到她的父亲了。

辛虹的家在一个老旧小区，租住的房子十分破旧，室内的摆设也很简单，但干净、利索。

对于我的突然造访，辛虹的父亲有些吃惊，忙问我："是不是辛虹在学校里给老师添麻烦了？"

我笑着告诉他，辛虹在学校表现得很好，这只是一次随机的家访。

消除了顾虑，辛虹的父亲一聊起女儿，眼里便充满了慈爱，立刻滔滔不绝："这孩子懂事早，不但是她妈妈的贴心小棉袄，也是我的贴心小棉袄。前几年，她妈妈忙着在外面摆摊养家糊口，她一边忙着学习，一边在家里照顾我，做饭、洗衣、收拾屋子，勤快得很。后来，我能干一些家务活儿了，她就经常晚上陪她妈妈摆摊，谁也拦不住，她是心疼她妈妈。"

辛虹不好意思地阻拦父亲："这些都是别人家的孩子也能干的小事，我可没你说的那么好。"

"你就是挺优秀的，爸爸最对不起你的，就是占用了你太多的时间，影响了你的学习。"父亲的检讨里也渗着欣慰。

"那是因为我还不够勤奋，不过我的成绩在一点点地提升，老师，您说对吗？"

"你很勤奋，也在不断进步。"迎着她纯净的目光，我赞许道。

5

学校有一名学生，他的父亲得了严重的糖尿病，母亲下岗了。屋漏偏逢连夜雨，他又患上了严重的白血病，需要做骨髓移植手术，但高额的医疗费令一家人束手无策。

学校号召师生们为这位不幸的学生捐款，班级里不少同学积极响应，踊跃捐款。那个说自己是真正富有的男生，一下子就捐出了3000元的压岁钱，其他同学也大多捐了一两百块钱。

那天，辛虹难为情地将50块钱悄悄地塞到我手里："老师，不好意思，我捐的太少了。"

"辛虹，你捐的一点儿都不少，真的。即使你一分钱不捐，也根本不必不好意思。"说实在的，握着她的50块钱，我感到特别沉重。

"跟那个患白血病的同学相比，我还是挺幸福的。"辛虹的眸子里闪动着晶莹的泪光。

"那个学生遇到了人生中的不幸，但幸运的是，他也遇到了像你这样一大群心中有爱的人，相信苦难会走远的。"我心中为那个学生祈祷，也为有辛虹这样的学生而欣慰。

"老师，我还可以帮那个男生做一点儿别的事。"辛虹请我先替她保守秘密。

她说出了自己的想法，我肯定地点点头，心中有一股暖流涌过："你真是一个好学生！"

6

出乎意料的是，在那次班会上，同学们评出了好几位班级里真正富有的人，包括那位自信的男生，但"最富有的人"的桂冠落到了辛虹的头上。

同学们送给她的颁奖词是：生活以痛吻你，你却报之以歌，始终爱父母，爱他人，内心世界富足得让大家无比羡慕。

辛虹落泪了，被突然从天而降的莫大的幸福簇拥着，她激动地起身向同学们致谢："其实，我只是一只丑小鸭，并没有同学们说的那么好。因为有父母、老师、同学们和无数好心人的关爱，我才能够一直走在阳光里。我也希望自己能够给我热爱的这个世界多献上一份欢喜。"

热烈的掌声再次响起。

无所不能的同学们还是知道了辛虹的一些事：她每个周末会去医院陪护那位患白血病的同学，帮他整理听课笔记，帮他补习落下的功课，用自己的经历鼓励他学会坚强……

大家还知道了她陪妈妈摆摊的事，知道了她和父亲相互关照的事，知道了她异常刻苦换来学习成绩显著提升的事，知道了她的小说即将刊登在一家青春杂志上的事……

课下，辛虹不好意思地感谢我："今天，我真切地感受到了自己的富有，您说得真对！"

"你应该感谢自己，因为你一直走在通向富有的路上。"

辛虹甜甜地笑了，身上那宽大的校服似乎也散发出一种说不出的美。

六月的阳光撒落在人们的肩头，斑驳的树影在前面跳跃着。突然间，一种特别富有的感觉也暖暖地涌入了我的心田。

最该补上的一课

谢晓艺很不情愿地走进了我的作文辅导班，因为她母亲听说我是作家，还是作文辅导名师，跟我学写作文的很多学生都对写作产生了浓厚的兴趣，作文成绩都有了明显的提升，有的学生还在报刊上发表了文章。

谢晓艺上高中后，作文分数始终不太理想。此前她的母亲也给她报过两个作文辅导班，但她的作文成绩始终没什么起色。被母亲硬拉到我面前时，她脸上的苦楚和无奈一目了然。

谢晓艺的母亲高中没毕业就去帮人卖服装了，后来自己租了一个门面经营服装生意，一直起早贪黑，忙忙碌碌，根本无暇照顾女儿。谢晓光的父亲在一家建筑公司上班，出差是家常便饭，有时到国外搞基建工程，两三年才能回家一次。他除了能多给女儿一些钱，对她的学习根本帮不上什么忙。

回望大半生走过的路，谢晓艺的母亲最后悔的就是年轻时没好好读书，没过上自己想要的生活。她期望女儿能够实现自己的梦想，拥有令人羡慕的人生。她四处找好老师，甚至不惜花高昂的学费，请老师给女儿一对一地辅导，只为提高她的学习成绩，帮她考上一所好大学。

谢晓艺明白母亲的苦心，学习也很用功，可学习成绩提升得太慢了，尤其是数学，老师讲的那些题，她似乎听明白了，可一考试，她又一头雾水，她甚至怀疑自己的智商有问题。

越着急越学不好，她焦虑而烦躁，常常莫名其妙地冲母亲发火，让母亲伤心地流泪。很快，她就意识到自己错了，跟母亲道歉，但没过多久，她又旧错重犯。为此，她常常自责，也去看过心理医生，但无济于事，甚至严重得有些抑郁了。

我得知，正值青春期的谢晓艺，面对学业上的激烈竞争，再加上特殊的家境等因素，患上了严重的焦虑症，产生了某种心理障碍。她情绪低落，自卑甚至妄自菲薄，却没人能及时予以正确的引导，导致她只能在痛苦的泥淖中挣扎，一时难以摆脱。

弄清楚了谢晓艺的心路历程，我坚定地意识到，她最应该补习的课程不是数学，不是外语，也不是作文，而是打开她心结的一课。

我与谢晓艺的母亲长谈了一次，劝导她不要着急给女儿补习文化课，应该先给她补上心理课，把女儿的"心病"治好。

谢晓艺的母亲虽然觉得我说的有道理，但还是难掩焦虑。女儿马上就要上高三了，时间太紧迫，而文化课又落下了很多，从现在开始争分夺秒恐怕都有些来不及呢。

我安慰她道："磨刀不误砍柴工，拥有好的心态，胜过许多无效的补课。"

见她仍有些将信将疑，我提了一个建议，请她允许我先免费为谢晓艺做心理疏导，等有了效果，再让她进我的作文辅导班。

我的诚恳打消了谢晓艺母亲的顾虑，她答应我，暂时停下谢晓艺所有的辅导课，在家中也不再唠叨她的学习，多跟她聊一些有趣的话题，配合我调节她的心情。

再见到谢晓艺时，我先聊起了自己少年时那些"傻白甜"的故事，还不时地自嘲几句。看到她脸上露出了笑意，我不经意地问她："你在成长的路上肯定没干过像我说的这些傻事吧？"

她点点头："我一直都很乖，从小学到初中，我的学习成绩都不错，还很懂事，老师喜欢，同学们羡慕，父母也挺骄傲的。"

"其实，你现在也依然让父母骄傲啊！"我捕捉到她眼里倏然滑过的一抹伤感。

她摇头："我现在没法做到他们期望的那样好，我太笨了。"

"在小学和初中，你认为过自己笨吗？"我告诉她，我小学五年级有一次期末考试，数学和语文加起来才考了 99 分。可我现在不仅能辅导她作文，还能辅导她数学。

"真的吗？可我还是觉得自己太笨了。"她又叹了口气。

"你若是真笨，你的地理、政治、历史成绩不会那么好。况且你的阅读理解能力也不错，你的动手能力也挺强的。"我已了解到她的一些优点。

"可是，我的总成绩始终徘徊不前，怎么努力也没用，这不是笨吗？"她低下头。

"那是因为你的心绪太乱，又没找对方法，自然收效甚微了。"我直言不讳。

"我该怎么办呢？时间根本不够用，我要补习的东西又特别多，千头万绪的，忙不过来啊！"她将求助的目光投向我。

"哪里有什么千头万绪？你要补习的，根本没你想象的那么多，我们一起来梳理一下。"我拿过一张纸，让她将头疼的问题全部写出来。

经过仔细归纳，谢晓艺惊讶地发现：她写在纸上的主要问题只有七个，并非她原来以为的一大堆。

"把问题排一下顺序，先易后难，文理交叉，我们依次解决。"我胸有成竹地鼓励她。

"老师，经您这一梳理，我找到了明确的努力方向，心里轻松了许多。"她立刻多了一些自信。

"接下来，我要教你一些自我探究的学习方法，帮你学会举一反三，彻底摒弃机械式刷题，降低对补课的依赖。"我知道，巧妙的点拨远胜于那些事倍功半的"拼命补课"。

谢晓艺没料到，她原来根本看不懂那些作文题目，但经我简明扼要的三言两语，她立马打开了思路，审题立意也一下子变得简单而有趣。她原来写作文总是找不到素材，经我一番慧心的引导，她蓦然发现，那么多新颖、典型的素材，她也可以信手拈来。更令她惊奇的是，让她头疼不已的一些数学题，我这个作文老师居然也能轻松地找到解题思路。经过我的分析，一道道原本枯燥乏味的数学题竟呈现出一种无法形容的美，越琢磨越叫人着迷。

令谢晓艺母亲欣喜的是，女儿不单单是学习成绩有了明显的提高，更重要的是心态变得阳光了，往日的那些恼人的焦虑和抑郁全都烟消云散了。

她由衷地感激我："崔老师不仅给我女儿补了重要的一课。也给我这个家长补了重要的一课。您让我懂得了，让孩子拥有健康的心态比让孩子拥有漂亮的分数更重要。"

她还特别敬佩我的作文辅导策略：首先，引导孩子们真切地感受到写作是一件简单的事情，是一件越做越有意思的事情；而后，引导孩子们自己去思考、寻觅写作的方法，从来不设框架，不讲套路，不泛泛地练笔，而是鼓励孩子们放开束缚，饶有兴致地去写，轻松自如地去写，法而无法，进而写得更加有法……

我告诉她，不少孩子文化课补得越多，自信心受到的打击越大，内心的痛苦积累得也越多，虽然一时提高了成绩，但也磨去了学习的兴致。当孩子在学习上遇到困难时，不要盲目地去补课，而要悉心弄清关键问题，先帮孩子放下心灵包袱，再与孩子一起探讨解决问题的办法。这时，许多看似棘手的难题便会迎刃而解。

有时，我真想大声疾呼：我们的家长在准备给孩子补课前，不妨想想自己是否也要补一课。补课老师也要想想自己是否也要补一课，弄明白真正好的教育是什么样子的，再去补课也不迟。

张铁匠给我的文学启蒙

今年春天，我回到了久别的故乡。迎着熟悉的陌生，我的眼前忽然一亮：头发花白的张铁匠正坐在院子里，惬意地晒着太阳。

在我童年的记忆里，张铁匠绝对是村里村外颇有地位的名人。

张铁匠经营的那间土夯泥垒的打铁铺曾是村里热闹之地。谁家要打制镰刀、锄头、铁锹、镐头，或修补一下铁桶，都会来到铁匠铺。即便什么也不打制，村民们也愿意聚到打铁铺前的小院里，伴着铺子里呼呼的风箱声，听张铁匠叮叮当当的敲击声，或站、或坐、或蹲，闲聊的话题不断变化，有人喜欢东扯西拉，神吹海聊，顺便传递一些小道消息或一些家长里短；也有人喜欢倾听，只偶尔插句话，刨个根、问个底。

张铁匠热情好客，不管谁来了，热水或凉白开都敞开了供应。他偶尔讨弄来一些茶叶，也会慷慨地拿出来，与众乡邻们一起分享。

我除了喜欢听村里最有学问的牛老师讲那些久远年代的奇闻轶事，就是愿意跟在张铁匠身后，看他拉动沉重的风箱，炉膛里的火燃得更旺；看他用铁钳子夹起烧得通红的铁板或铁片放到那个大铁砧上；看他先挥舞大铁锤，给要打造的物件定型；再看他挥舞着小铁锤，对物件精敲细磨。

我很惊讶，在年复一年的火星四溅的敲打中，张铁匠长年累月穿的那件蓝色帆布工装竟没烫出几个窟窿眼儿，手上也没见到丁点儿的烫伤，他真是一个了不起的铁匠。

每每打好一件农具，他都会畅快地吆喝一声"好嘞"，语气里透着大功告成的欢喜，还有不加掩饰的得意。有时，他是说给农具的主人听，有时，他只是说给自己，或说给不远处的花花草草听，仿佛他的打铁行为不但需要被看到，还需要被听到。

一天，父亲让我找张铁匠打一把锄头和一把镰刀，并给我拿了两块钱的加工费，叮嘱我别弄丢了。我嘴上答应着，心里却动了歪主意，我想挪用一块钱，买乡百货商店摆放的那几本早就眼馋的《三国演义》连环画。那时，家里人口多，父母精打细算，日子仍十分拮据，父母平时从不给我零花钱，管他们要钱买连环画，我只能得到一顿训斥。

张铁匠麻利地将打好的镰刀和锄头交给我，我装模作样地挨个衣兜翻找，嘴里还不停地嘀咕着："奇怪了，明明带了两块钱，怎么丢了一块呢？"

张铁匠平静地看我翻找，似乎确信我真的弄丢了一块钱，便挥挥手："算啦，这次就少收你一块钱吧。"

我立刻如释重负，怀着小伎俩得逞的得意，飞快地跑开了。

很快，我的手里就多了三本连环画，但我一直将它们藏在麦秸垛里，生怕被父母发现。

那天，我从麦秸垛里又掏出那本连环画《水淹七军》时，恰好被张铁匠看到了，他打趣道："神了，麦秸垛里还能长出连环画，我看看还有没有。"

我欲掩弥彰，三本连环画暴露了，张铁匠拿过来，扫了一眼后面的定价，不容置疑地断言："我知道你的那一块钱丢到哪里了。"

我立刻央求他不要告诉我父亲，父亲知道了会打我一顿，还会立刻补上那一块钱。

张铁匠认真道："我可以替你保密，但你以后可不要再耍这种小聪明啦。"

我羞愧得连连点头。

张铁匠说他喜欢爱读书的孩子，还让我到他家去，给我看他的藏书。令我十分惊讶的是，他一个打铁匠，居然拥有一大木箱子的书，除了《红日》《红岩》《林海雪原》《新儿女英雄传》等红色经典，还有鲁迅的《呐喊》《彷徨》，还有《牛虻》《童年》《战争与和平》等外国书籍……第一次看到《钢铁是怎样炼成的》，我还以为是一本关于打铁的书呢。

很快，我就知道了那些书都是他父亲收藏的。很遗憾，因父亲早逝，他只读了两年书便辍学，后拜师学打铁，而那些书一直锁在箱子里。

如同作家高尔基形容的那样，面对那么多好书，我像一个饥饿的人狂喜地扑到面包上，贪婪地读起来。短短两年间，我便将他的那些藏书囫囵吞枣地读了一遍，把特别喜欢的几本书反复地读了好多遍。

应该说，我的文学启蒙就是张铁匠的那一箱子书，它们不仅向我展示了一个无限广袤的文学世界，还激发了我丰富的想象和联想，让年少的我对文学产生了浓厚兴趣。

多年后，我考入大学中文系，拿到文学博士学位，写诗歌、写散文、写小说，恣意地徜徉于文学的浩瀚海洋中，先后出版了各类文学作品三十多部，收获了无数的欢喜与骄傲……

40 年后，再次站到张铁匠的面前，他已认不出我了。当我说出自己的小名时，已掉了好几颗牙的他嘿嘿地笑着："听说你现在是作家了，当年我那一箱子书没白读啊！"

我满怀感激地攥紧他的手："谢谢您，正是您的那一箱子书影响了我的人生走向……"

他有些惊诧："难道我这个打铁匠真的培养出了一位作家？"

"千真万确，您就是我的文学启蒙老师！"那一刻，我感到特别幸运。

当我在大学的写作课上，向莘莘学子讲述我如何开启自己的文学之旅时，我还激动地讲述了关于张铁匠的另外一些动人的故事。我真切地告诉学生：走进沸腾的生活，我们总会遇到各种各样的老师，可能是一位泥瓦匠，可能是一位裁缝，可能是一个走街串巷卖糖葫芦的老人，可能是一个养蜂人……懂得弯下身来，认真倾听、问询和交流，或许在不经意间，那个熟悉或陌生的普通人就会给自己意想不到的启蒙、引领或帮助，就像少年的我与张铁匠曾美好地遇见。

母亲的宿命

一位参加志愿者活动的学生跟我讲了一个母亲的遭遇。

她 22 岁嫁人，生了一个先天性脑瘫的儿子，丈夫在儿子两岁那年被一场车祸夺去了生命，肇事司机逃逸，至今没有找到。

她打各种零工，勉强维持她和儿子的温饱生活，一年又一年。如今，她已经 70 多岁了，仍无法行走的儿子还得坐那辆好心人送的轮椅，靠她慢慢推着，到室外晒太阳。

有人不无同情地慨叹：她太不幸了，这一辈子全交给了脑瘫的儿子。

她却淡然道："我是她母亲，陪伴着他是我这一生的宿命。"

对不幸遭遇低头隐忍，对艰辛生活安然顺从，她不怨不恼，甚至极少听到她的叹息，仿佛半个世纪的含辛茹苦都是生命的自然选择，就像日子波澜不惊的流转。既然儿子需要她陪伴，她只管心平气和地陪伴下去就是了。

许多人一定会觉得，她这一生过得实在太悲苦了，尽管她是一个挺伟大的母亲。

然而，我更知道，只有做了母亲，才懂得——有一种爱的陪伴是自然的选择，就像花朵选择了绽开，就像河水选择了流淌。

那天，几位高中同窗聚会，昔日的学霸樊晓芸给女儿送完午餐才匆匆赶来。她清华大学毕业，又在美国拿了博士学位，生下女儿不久，她竟在众人一片惊讶中，毅然辞掉了那份令人羡慕的工作，欢喜地做了全职太太，而她的老公不过是薪酬很一般的公务员，家境也算不上殷实。

有人好奇地问她："为什么要辞掉那么好的工作？"

她一语轻快："因为现在陪伴女儿成长就是我最重要的工作呀。"

"可是，你是海归博士啊，我们身边有那么多做母亲的，不都没有辞掉工作专门照顾孩子吗？"问者仍有些不解。

"也许是早产的缘故，我的女儿智商平平，还总是莫名地自卑，我希望自己能够有更多的时间陪伴她……"

"于是，你就不管不顾地遂了她的心愿？"一位尚未成家的同窗难以置信地张大了嘴巴。

"就这么简单，她不需要一个整日忙碌工作的妈妈，我就做一个经常陪她说话、做游戏的妈妈，给她做可口的美食，与她一起解开成长岁月里的种种困惑……"她云淡风轻般地讲着。

接下来，樊晓芸跟我们讲了她那别开生面的"育儿观"：在孩子最需要母亲的时候，能够陪伴在孩子身边，是孩子的幸福，更是母亲的幸福，这是上苍赐予的责任，不能推辞，必须欣然接纳。

有人说，那是母亲的爱，低到尘埃里的爱，真挚、慷慨、无私。而我要说，那是做母亲喜欢的宿命，就像那些忙忙碌碌地四处寻觅食物，再飞回巢穴，口对口喂食孩子的燕子妈妈。母爱无须任何理由，只需倾心去做就好。一代又一代的母亲就是这样以无私的真爱，让一代又一代子女无忧无虑地成长起来。

邻居是位年过八旬的老人，老伴去世十多年了，她依然一个人住在那间不大的小屋里。她有四个儿子都生活在这个城市里，虽说没有大富大贵，但供养有3000多块钱退休金的她还算不上一件困难的事。可是，她坚持独自生活，说一个人过日子挺好的，她愿意早起就早起，愿意吃什么就做什么吃，她活得自由，也能给儿孙们多一些自由……

我逗她："孩子小的时候需要你的陪伴，你不离左右；如今孩子们都长大了，还需要你的陪伴，怎么偏偏又远离了呢？"

她一点儿也不糊涂："跟他们在一起住，总觉得是被他们照顾，自己单独过，会觉得自己还能照顾他们，不给他们添麻烦，不就是对他们最好的照顾吗？"

我一时无言以对。忽然，脑海里闪过一个大大的感叹——母爱深深深几许！

相信在每一位伟大或平凡的母亲内心里，爱都是一生欢喜的宿命。

不能错过的那些美好

日常随喜

在小区的花坛里，我蓦然发现一丛不知名的草，正绿得浓郁而张扬，仿佛灼灼的青春，叫人羡慕不已。而旁边那些品种各异的小草似乎受到了感染，也在恣意地秀自己的绿，翠绿、葱绿、墨绿、油绿……比赛似的，较着劲儿，谁也不服谁，像一群认真的孩子。

阳光里，那个有些驼背的老者，捡起躺在草坪里的一个矿泉水瓶，放进手里拎着的麻丝袋。他逡巡的目光又投向了远处，好像还有宝贝在前面等着他。

那个年轻的快递小哥，整天穿梭于楼群间，脚步匆匆，他似乎早已习惯了如此忙碌。

前边那个休闲广场上，几个老人围在一起闲敲棋子；附近，一群大妈在跳广场舞；一位老者在指导两个徒弟练太极；一位中年男子像个学者一样，正口若悬河地阔谈国际大事，身边围了一群"粉丝"，偶尔他们之间也有些争论，嗓门儿高的，仿佛真理在握，一脸的自信。

这些都是我身边的日常景象，抬眼即见，凡俗、琐屑、热闹，烟火味儿十足。

有时，我会不由自主地与一朵花对视；或蹲下来看一群蚂蚁搬家；或驻足听一些闲言碎语；或兀自一路漫步，关注一颗静默的石子，品味一声清脆的鸟鸣。可以随心所欲，可以独享，也可以与人分享。这日常里无处不在的小欢喜，点点滴滴，俯拾皆是。

更多的时候，我会随手翻开一本书，徜徉于文字所描绘的大千世界，只在一瞬间，缤纷的思绪便穿越了辽远的时空，使我置身于或远或近的彼方天地间，邂逅一串串日常欢喜：在陶渊明"悠然见南山"的那方安然若素的田园里耕作，在王维"行到水穷处，坐看云起时"的那片幽静的山林间静坐，在李白"对影成三人"的那轮皎洁的明月下起舞，在杜甫"无边落木萧萧下"的那条奔涌的大江边咆哮，或者跟随着梭罗的脚步去欣赏瓦尔登湖畔迷人的风光，又或者陪着屠格涅夫到莫斯科郊外肃穆的森林走走……蓦然惊觉，许多我们渴望的诗和远方，就散落在周遭日常的山水间，伸出手便可以掬一片悠然的云影，捧一怀醉人的花香。此间之乐，此间之美，那翩然的蝴蝶知道，那些疯长的庄稼知道。

放下书，我会走出小屋，跟门口的保安聊聊涨工资的消息，跟楼上的邻居切磋一下糖蒜腌制的秘方，跟新开张的小饭馆的老板娘侃侃经营之道，跟街角摆摊理发的老大爷说说掌握一门手艺有多好……那么多寻常人，那么多日常事，纷纷热情地涌来，与我亲切地握手，与我自然地攀谈。触摸皆欢的日常小事，宛如小河边那些被露水洗过的小草，平易、随和中夹杂着不知来自何处的喜悦，散散淡淡，慢慢地从心头拂过，像著名作家汪曾祺口中的一碟小菜，只加几滴香油、一点儿盐，寻常的萝卜皮陡然有了难以言说的好滋味。

踱到自家小小的阳台，我给那一盆盆很少挑肥拣瘦的花草松松土、浇浇水、剪剪残枝败叶。它们个个随遇而安、四季明媚的样子，皆如美丽的诗文，我可以时常诵读，高声或低语，柔情或浓意。

有时，我会望着杯子里缓缓起伏的茶叶，那些在沸水中尽情舒展的嫩芽，凝了光阴的味道，酽酽的，从遥远的山中飘来，每一步都踏着虔诚的节奏，都响着欢悦的足音。

其实，我们绝大多数人都活在日常里，绝大多数时候都在照料着日常的零零碎碎：种田的农人，遵循时令的安排，有条不紊地耕耘、插秧、收割、存储；流水线上的工人，日复一日地忙碌着，一件件相似的产品诉说着不一样的心情；摆摊的小商贩，叫卖着几样寻常物品，寄予了几许期望，也收获了几许快乐……

将每个日子都过成一首诗的样子的确是一种奢望，但我们可以忙中偷闲，可以闹中取静，用一颗平和的心拂去烦忧、焦躁，让欢喜像阳光一样随处洒落。

一位老诗人赠我一本刚出版的诗集，赠语"日常随喜"四个字立刻扣动了我的心扉。

真好！生活随简，日常随喜，向所有美好的事物致敬，心怀感恩地在人间走过，欢喜的涟漪便会不停地荡漾开来。

惊喜的遇见， 在错过时

好友在老家的山上建了一座别致的书屋。看过他发来的几张照片，又听了几位光临者生动的描述，我不禁有些心驰神往了。

那日，出差恰巧路过好友的老家，便决定抽时间去探访一下他那特别的山中书屋。我没提前向他通报行程安排，想给他一个突如其来的惊喜。

初秋的午后，碧空如洗，几片白云懒懒的，阳光落在肩上暖暖的，不时飘落的红叶铺饰着弯曲的小径。路边泛黄的小草中间散着一些葱绿的植物，一只蜻蜓飞过，几只不知名的鸟在附近的树林里欢喜地叫着。

一番兜兜转转后，在高树环抱的半山腰，一栋白墙红瓦的小屋呈于眼前。一只小花狗率先跑出来，以友好的吠语"笑问客从何处来"。

我以纯善的微笑表达不容置疑的友好，它立刻摇头晃尾地引我走进不大的小院。

小院颇有些《寻隐者不遇》这首古诗里的熟悉味道。好友不曾料到我不打招呼便突然降临，我也不曾料到他竟出门在外，不知他正悠然于周围的山中，还是去了更远的山外。

我站在树影婆娑的窗前，好奇地望向室内，但见好友亲手打制的几排书柜上，各类书籍或立或卧，或叠落或排列，随意而散漫，一副不拘小节的自由神态。夹杂于书擞间那大大小小的根雕，或形似或神似，一如好友笔下的那些小人物。

回转身来，我蓦然惊讶于书屋一侧的那片花圃，石子镶嵌出漂亮的排水沟，一大丛鸡冠花与一大丛格桑花紧密地挨在一起，是友人亦是对手，仿佛听到了一声口令，齐齐地盛开。每一朵花都聚了山野的神采，都凝了山野的魂魄，红的火烈，粉的招摇，拉开了架势，非要比一比谁开得更肆无忌惮，谁开得更浓情厚意，谁更能招蜂引蝶。那股子互不相让、互不服输的自信，连杂生其间的几株不知名的野花也无法投票站队，只能加入其中，也拼命地绽放，似乎不淋漓尽致地盛开一回，真的就辜负了自己的生命。

印象里一向散淡不拘的好友栽植的这些花，虽少有观众，却依然张扬着美丽。我笑着抚一抚格桑花，摸一摸鸡冠花，淡至若无的花香立刻开启了一条返回童年的幽密小径，眼睛与心灵刹那间就被徐徐展开的山水画卷占据了。我仿佛看见了那清凌凌的小河、那绿油油的草地、那望不到头的庄稼地、那没入云间的山路、那采蘑菇的小姑娘、那玩泥巴的小男孩、那悠长的牛哞、那温暖的炊烟……

夕阳西斜，我向那些兀自美丽的花朵们挥手，它们也在微风中频频向我点头致意。

在山下，我打电话给好友，他正在邻县采访，遗憾错过了期待已久的相聚。我笑言此行不虚，并未错过他的那些很别致的花。电话那端的他立刻得意地笑起来，说他的花又多了一个知音。

那个悠然而微醺的秋日特别像随手摊开的一本书，好友那简约的小花圃被一柄名叫欣赏的小刀深深刻在了奔向好时光的马车上。我每一次怀想，都有丝丝暖意涌上心头，宛若品读了藏在抽屉里的旧情书。

真好，我错过了一次与好友的相逢，却遇见了那样一丛生命盎然的花，遇见了仍在记忆深处枝繁叶茂的纯真情怀。那份突然降临的欢喜，直叫我心存感恩，珍惜不已。

散淡的好时光

　　整整一个下午，我坐在书桌前，翻阅一大摞封面花花绿绿的旧杂志，那是 20 多年前杂志社赠我的样刊，每一本里面都有一篇或两篇我的文章。那些泛着暖意的旧文字，依然那么亲切，一如我那再也回不去的青葱岁月。

　　我用目光轻轻地抚摸着这些文字，曾经的激情荡漾、曾经的心潮澎湃、曾经的苦闷彷徨、曾经的寂寞忧伤……在这个风烟俱净的午后，一起缓缓地走来，平和而散淡，一如穿窗而入的阳光。

　　阅读，有时只是为了消磨时光。沏一杯淡茶，信手翻开一本杂志，如船行水上，花落小径，一派天然。目光在文字中一路游移，总有轻轻浅浅的欢悦陪伴着，无一丝一缕功利的牵扯，亦无步履匆匆的焦躁。任轻松的目光自由漫步，如一条平淡的小溪向经过的每一片山林致敬，向身边那些无名的花草问好。一颗闲适的老心陡然生出些许无法描述的惬意，只觉得扑入双眼的那些景、物、人、事，皆亮着美好的光泽。这或许正是最理想的读书状态，那么云淡风轻，那么落花有情。

远方的好友发来一组山村生活的照片，我竟爱不释手，翻来覆去地一一欣赏，尤喜其中一张：友人着一件宽松的白褂，悠然地坐于浓密的柳荫下，一手执蒲扇，一手端紫砂壶，那"把茶问清风"的懒散和随意，很容易叫人联想到丰子恺的某些漫画，调皮中夹着洒脱，不羁里透着笃定。

犹记得当年，他曾指着一张世界地图，豪情满怀地向我描述他要走遍万水千山的宏大志向，他也的确风光无限过，当过跨国名企的老总，身家过亿，也曾"宝马雕车香满路"，也曾"意气倾人命"。而今，他隐居在广西的一个小山村，种菜、养花、读闲书，了无负累。

也许，生命绚丽到了极处，必将归于平淡。这一点，千年前的东坡居士感悟得很深。

街角修鞋的那位老人，生意越来越不景气了，可他不急不恼，依然按点儿出摊、收摊，仿佛不如此便很不妥，而生命本应该是妥当的。那日，我看到他坐在阳光里打盹，口水从嘴角流出，像个可爱的孩子。不知道恍惚之中，他走进了哪片梦想的幸福天地，那样旁若无人的沉迷真叫人心生羡慕。

其实，他并不缺钱，他的退休工资很高，当老板的一双儿女还时常给他一些零花钱。然而，他不愿去附近公园与一大群老人扎堆，也不愿报团四处旅游，更不愿去上老年大学，就喜欢守着这个已经守了几十年的修鞋摊，守着一份日常的平淡。像汪曾祺散文中所言"冬天下雪，我们什么也不做"那样从容，即便身处滚滚红尘，仍可以如此闲云野鹤般的散淡。

薄雾尚未散尽的早晨，我独自在大学校园偏僻的一角散步。我从那些躯干长了黑疤的白杨树身旁走过，几株丁香散在一丛一丛的杂草间，粉色花瓣坠了一地，一只蚂蚱藏在树叶背面，一群麻雀在叽叽喳喳地交谈着……我东瞅瞅、西瞧瞧，走走停停，漫无目的。露水打湿了裤脚，泥巴沾满了鞋底，我披了一身清爽的晨曦，心绪散淡，一如梁实秋《雅舍小品》里那些如聊家常的小文。

穿过菜市场，一条幽长的小街两旁是一家一家的小店，复印的、理发的、洗衣的、卖文具的……更多的是不温不火的小饭馆，三五张饭桌、几样寻常菜品、一两个经营者，便撑起一个店面。在这里，俗世的平常、简单、散乱、波澜不惊日日围绕在身边，挥不去，挣不脱，一点点地磨掉了人们的急切、慌张和焦灼，人们不知不觉间就释然了。一如我拎着一把水灵灵的菠菜，跟提着两块豆腐的同事，站在一个离垃圾桶不远的地方，商量着下学期的课程安排。

似乎光阴要做一件很重要的事，它慢慢地拂去一个人心头的躁热，以草木般的清凉教我们穿过都市的喧嚣，心平气和地做一个散淡的人。

想起十多年前，我突然对绘画产生了兴趣，由朋友引荐，前去拜访一位大画家。

大画家拥有闹市中的一栋豪宅，那么多的书籍、画册、纸墨，杂乱无章地随意散放着，屋子里简直乱得不能再乱了。大画家对此似乎早已习惯了，他跨过一个书堆，弄翻了一摞宣纸，费力地抽出两本线装书，扔到我怀里："拿回去翻两眼，要是觉得不好看，就回来再换两本。"

我当场翻了翻，没看出一点儿高妙处，便直言不讳道："还是现在就换两本吧。"

大画家并不恼，指着一个没门的大书柜说："你自己随便挑，我不当向导。"

我挑选了两本装帧有些奢豪的厚书，大画家微微一笑："到底还有一颗不散淡的心啊！"

待平心静气地读了一些绘画理论书籍后，我心思不再浩邈，而是真切地懂得：生命中有些厚，其实很薄，就像有些淡其实很浓；生活的真滋味需要慢慢地品，如同真正的好茶，需小口啜饮，细酌慢哑。

　　散淡的风景在寻常的日子里随时都能遇见，而散淡的人生则往往需要一颗从容、淡定的心，需要不疾不徐地慢慢赶自己喜欢的路，饶有兴致地做自己喜欢的事，宠辱不惊，独自美好。

致敬一朵无名的小花

那时，他正值青春年少。父亲早逝，初中刚毕业，他便被迫辍学，去一家制衣厂做了学徒工。

带他的师傅手艺高，传授技术特别认真，只是脾气太暴躁，动不动就发火，同事们都对其敬而远之，连领导也惧其三分。胆小、自卑的他虽小心翼翼，仍不免有师傅不满意之处。自然，师傅劈头盖脸的训斥是逃不掉的，挨打也是家常便饭。师傅的口头禅是："不打不成才，受不了，就赶紧滚蛋。"

那天，他缝错了一枚纽扣，师傅雷霆般的呵斥迅疾扑来，随即，师傅又抄起一把裁衣的尺子，啪啪地抽打他的后背。他的身与心一起疼起来，火辣辣的。

隐忍已久的他满眼泪水地跑出工厂，独自登上那座荒凉的石头山。

站在山顶，眼前皆是嶙峋的山石，峭立的、横卧的、叠压的，真是名副其实的石头山。山顶上除了石头，还是石头，一丁点儿的泥沙也没有，连淡淡的青苔也见不到，更不要说树木和草丛了。

那一块块冷漠的石头让他内心里生出莫大的荒凉，巨大的虚空也在向他压来。

蓦然，他的目光像被一道闪电猛地击中：两块巨石夹出的一条细缝之间，一株纤弱的小草正举着一朵黄色小花兀自迎风而立，一派凛然。

他惊愕不已：如此贫瘠之地怎么还会有开花的生命？

难以想象，在这极度干旱的"生命禁地"，一粒草籽究竟来自何方，又怀了怎样的心情，经历了怎样焦渴、炙烤、孤独无助的抗争，承受了怎样的磨砺，才将细小的根扎进坚硬如铁的岩石，一丝一丝地向上生长，长出生命顽强的奇迹，开出生命不败的花朵……

石缝间这一朵无名小花令他由衷地敬佩，并给了他震撼心灵的启迪：生命实苦，唯有自渡。不甘残酷命运支配的小草，没有哭泣，也没有抱怨，只是咬紧绝不屈服的牙关，一点一点地抗争下去，最终熬过了所有的磨难，活出了生命精彩的模样……

顿悟生命真谛的他，又回到学徒工的岗位，只是再面对生活里的种种不如意时，他坦然以对，不恼、不怨、不放弃，默默地用汗水浇灌心中的理想之花，最终成长为一名优秀企业家，书写了精彩的人生。

是的，纵然生命平凡无奇，纵然头顶风雨如织，但只要心中开花的梦想还在，永不认输，坚韧地拼下去，就一定能拼出属于自己的生命绚丽之歌。

那些被移进城市里的树

初秋时节，我回到东北平原上那个偏远的小山村。在物与人已皆非的故乡，我遇见了这几年靠培育树苗生活的陈伯。他指着一批即将被移植到城市里的树苗，有些伤感道："村子里的人越来越少了，就像一棵棵树，陆陆续续地进城，在城里扎根了，再也回不来了。"

一语惊心，这让我想起在省城的一次老乡聚会，教学名师田源慨叹："回不去的，是故乡。"众人纷纷点头。的确，我们每天在城市里忙忙碌碌，偶尔回故乡看看，有时竟成了一种奢望。

1

赵云义是村子里第二个考上大学的，毕业后被分到县财政局，没干两年，他竟辞去了那个让村民们眼红的好工作，去了省城一家建筑公司。在省城折腾了 8 年后，他拥有了自己的房地产公司，把房子盖到了黄浦江边，公司也搬迁到了上海。如今，他已是大都市里有名的"房产大亨"。

那天，我去上海开一个学术会议，他得知消息，特意打电话约我见一面。

虽说我俩已15年没见面了，但再见亦是挚友，他的握手还是那么有力，说话还是那么大声。聊起我俩小时候一起上树掏鸟窝、下河捉鱼的往事，很多细节他都记得清清楚楚。

聊着聊着，他再一次提起，全村第一个考上大学的我曾是他当年奋力追赶的第一目标，他父亲曾经常敲打他："你要是也能考上大学，给老赵家增光，就是砸锅卖铁，我也会供你读书的。"

那会儿，他兄弟姐妹多，家庭条件特别差。我把上高中时的课外书送给他几本，把他乐坏了，现在仍念念不忘，说他能考上大学，也得感谢我呢！

我问他当年扔掉财政局的"金饭碗"是否犹豫过。他说当然犹豫过了，亲朋好友全阻拦，局长已暗示他，很快就要提拔他了。可是，他不甘心一辈子就窝在那个小县城里，特别想到更大的世界里闯荡一番。

他辞去公职，去建筑工地当一个小工长，被他父亲臭骂了两年，说他纯粹是瞎折腾。他说，从那个小山村里考出来，不也是一种折腾吗？要折腾就往大处折腾。

他慨叹，一批一批的人彻底离开了乡村，离开了庄稼地，已经把根牢牢地扎进了城市，他们的后代恐怕再也回不到春播秋收的农村了。如今，他的儿子正在美国读研究生，将来能否回国工作，他也不好说，也许他的下一代会将自己折腾到国外呢！

聊到我这些年的经历：大学毕业，我被分到一个林区小镇，然后去一个三线城市工作了 8 年，再后来被调到省城哈尔滨的一所大学，当了一名写作老师，还成了一位小有名气的作家。他说我"折腾"得也不错，我们都"折腾"出了自己想要的生活。

他的父亲是去年去世的。老人家最欣慰的是，他以一己之力，将兄弟姐妹五个全带进了上海，使他们都过上了安稳的城市生活，再也不用像祖辈那样"向土坷垃讨生活"了。

这两年，他偶尔会想起故乡，想起故乡的山山水水，还有童年的一些快乐或苦涩的往事。

2

那天，我正在马路边等信号灯，忽然听到身后有人喊我，是一位三四十岁的快递小哥。见我一脸惊讶，他赶紧自我介绍，他叫魏春喜，来自我的老家，是魏大个子的孙子。

魏大个子，当年是村里最能干的"庄稼把式"，各种农活都干得很出色，父亲没少赞叹过他。没想到，他孙子都这么大了，两年前就来省城闯荡了。

我关切地问春喜："工作怎么样？生活怎么样？"

他说还可以，总比在老家好多了。现在种地不赚钱，村里年轻人几乎都出来打工了。他此前在一个小城里打工，活儿不多，收入不高，来省城打工的人虽然更多，但机会也多，收入也比较稳定。像他这样勉强读完初中的农村人，只能干一些苦活儿累活儿，他偶尔也后悔当年没好好读书，但马上就安慰自己：干啥都得吃苦，送快递也不丢人，也能赚钱养家。他现在挺知足的，每个月都能往家里寄钱。

我欣赏春喜的好心态，鼓励他："好好干，过几年在城市里买栋房子，也做城里人。"

他笑嘻嘻道："我也是这么想的，只是这很难很难，不知道要等到猴年马月呢。不过，就算我这辈子不能在城市里落户，我也得好好打拼，让我的儿子将来住到城市里。"

我原以为，像他这样的"城市候鸟"，在城市和乡村间来来去去，年复一年，根始终还在乡下。没料到，他并不甘心总是这样漂泊，也想在城市里扎下根。

后来，我去过位于城乡接合部的春喜租住的简陋公寓，见到一大群跟他一样的打工者，听过他们一个个或艰辛或快乐的打工故事。从他们的眼神和语气里，我读到了他们想融入城市又难以融入城市的焦虑、茫然、隐忍……

3

一个周末，春喜给我打电话，向我求援：老家来城里打工的老肖和老耿干了大半年的活儿，却没拿到一分钱的工钱。领着他俩干活的小包工头也被骗了，那个欠下巨额工程款的承包商资金链断掉了，正焦头烂额。

遇到这样令人头疼的事，他们一时手足无措，突然想到我，觉得我在城市里认识的人多一些，总可以帮他们想想办法。要不然，拿不到工钱，不知该怎么回家过年。

我时常在报刊、电视上看到欠薪、讨薪的新闻，也曾为及时发放农民工工薪呼吁过，但没想到，在某一天，我家乡的人会请我这一介书生出面，帮他们讨要工钱。

虽然深知自己位卑言轻，但一想到家乡人殷殷期盼的眼神，我就感到这次不能有丝毫的退避，必须挺身而出。我打市长热线，找在劳动仲裁部门工作的校友，找在媒体工作的同学……能想到的部门和人，我都去找了。忙碌了半个多月，在各方面的齐心努力下，总算是帮助老肖和老耿拿到了工钱。

到火车站为两位老乡送行时，看到年过六旬、白发丛生的他们，我心里涌起阵阵的酸楚。他们本该在家中安享晚年的，却还要为了一份温饱的生活外出吃苦受累。

　　我知道，他们只是某些城市里的过客，故乡那块并不富饶的土地才是他们永远的家。或许他们还会来这个城市打工，但某些人给他们的伤害恐怕会在他们心灵上留下许久难以抹去的阴影。

　　老陈跟我说，家乡有不少人念叨我的好，尤其是老肖和老耿，说我不但帮他们要回了工钱，还请他们吃了一辈子没吃过的西餐。

　　我惭愧道："我不过是做了一点点力所能及的小事。"

　　老陈却说："我是看着你长大的，你心地善良，不忘本。"

　　我不好意思地说："不管我走到哪里，离开家乡有多久，我依然记得自己是从哪里走出来的。"

　　老陈慨叹，那么多树被移植到城市里了，总有一些树会朝着家乡的方向望上一望，我就是其中的一棵。

　　我想说，每一棵进入城市里的树都会记得自己的来路。即使作为幸运者，被城市选中了，在城市里扎下了根，再也无法回到遥远的乡村了，也正如一位作家所言："故乡永在，无论你走了多远，走了多久。"

陪护的父亲

今年夏天，我被一种难言的常见病缠上了，以往涂抹些药膏便可摆脱苦恼，这次却久治不愈，只得求救医生。医生批评我将小病拖成了重病，让我赶紧住院做手术。

住进肛肠医院，我才发觉，很多患者和我一样，对肛肠类疾病的认识多有误区，但拖延一段时间后，病情严重了，才不得不接受手术治疗。

一间病房里住了 4 位患者，还有 4 位陪护。对面床的陪护是位白发斑斑的父亲，他一脸的卑怯，对被陪护的 30 多岁的儿子点头哈腰的，好像一个谨小慎微的护工，护理的不是自己的孩子，而是给自己开工资的主人。

他是个农民，平生没进过几次大医院，当陪护更是第一次，手足无措或手忙脚乱自然在所难免，好在同病房的病友和陪护一个个都很热心，纷纷指导他如何使用冲洗泵，教他如何安放坐浴盆，还有的陪护主动代他从网上订购一些必要的护理品。

原来，他陪护的并不是自己亲生的儿子，是后改嫁的老伴带来的，是他的义子。义子性子倔强，脾气有些暴躁，稍有一点儿心情不顺，就会出口伤人，对他也不亲近，不叫他父亲，也不称他叔叔，似乎让他来陪护也只是出于无奈。

手术后第三天，每个患者都会出现不同程度的疼痛，他小心翼翼地问一脸冷漠的义子疼不疼，义子没好气地噎他了一句："这还用问吗？都动刀了，能不疼吗？"

他便赔着笑脸："那赶紧吃止疼药片，不能强忍着。"他忙乱地找药，不慎将一个水杯碰翻了，赶紧收拾时，又将流淌出的热水弄到了病床上。

义子便训斥他："你倒是看着点儿啊，总是这么毛手毛脚的。"

他似乎早已经习惯了义子的呵斥，默不作声，重新弄来了温水，看着义子服了药，扶他侧身躺好，又拿来干拖布，将地上的水拖去，然后开始笨手笨脚地削苹果皮。

他将削好的苹果递给义子，义子不接，说现在没心情吃。他便讪讪地放到一旁。

一位年轻的陪护实在看不惯他的义子的言行举止，小声跟我嘀咕："真难伺候，都是惯出来的毛病。"

"可怜天下父母心啊！"我有些见惯不怪了，但心里还是替他鸣不平。

然而，他似乎并不在意义子的无礼，或早已习惯了义子的颐指气使。

　　每天，他都给义子订营养餐，给自己订的却是最便宜的盒饭。义子劝他也吃好一点儿，他很知足道："其实，我吃的也不错了，也没干啥重活儿，吃饱就行了。"

　　我劝他："陪护也挺辛苦的，很熬心血的，也得加强营养，不能累倒了。"

　　他的义子就命令他："听到了吧？崔老师都跟你说了，下次订餐，咱俩订一样的。"

　　"用不着那么破费，我的身体很结实的，抗得住。"显然，他还是舍不得给自己花钱。

　　"你就是固执！"义子粗声粗气道。

　　他嘻嘻地笑着，好像听到了特别舒心的赞美。

　　临床的老高要出院了，将没用完的护垫物品等悉数赠送给他，他连连道谢，说这几天大家都没少关照他，他却没什么报答的，就邀请大家有机会去他的村子，他给大家做纯正的农家菜。

　　义子在一旁冷嘲热讽："就你那做饭的水平，好东西都给糟蹋了。"

　　他也不生气，小声辩解道："重要的是一份心意，一份真诚的心意。"

老高和众人都附和道："对对对，真诚的心意最重要。"

又有新病友住进来，他开始热情地指导新病友如何养病，我逗他："业务熟悉得挺快啊！"

他有些开心道："我还不算太笨，也就是现学现卖。"

我对他的夸赞获得了他的义子的认可，义子对他的态度也温和了许多。

私下里，他跟我说，义子小时候吃了很多苦，受了不少委屈，现在变得好多了。他相信，就是一块石头也会被焐热的，何况他们现在是一家人了。

我点点头，相信已年近七旬的他，会用一颗赤诚的心温暖一颗受伤的心。我也感谢有缘遇见他，从他的身上我也学到了许多宝贵的东西，关于做人，关于处世。

只管奋力向前奔跑

煎和熬都会变出美味

近日，一篇博士毕业论文中短短的《致谢》迅速刷屏，在豆瓣、知乎、微博、头条等各大网络平台走红。作者黄国平身处异常贫寒的生活窘境之中，却从未抱怨过命运多舛，而是笃定"把书念下去，然后走出去，不枉活一世"的信念，一路顽强打拼，走出了四川的一个小山坳，考入西南大学，后又被保送到中科院自动化研究所硕博连读，成为腾讯公司人工智能实验室的高级研究员。

一位大学生跟我聊起黄国平，说他要感谢苦难，我立刻大声纠正道："不要感谢苦难，要感谢不曾被苦难打倒的自己，感谢纵然有那么多风雨在头顶交织，依然奋力前行的自己。"

遥想当年，我出生在东北平原上一个鲜为人知的小村庄，几十户人家守着被丘陵割成一小块一小块的薄地，日出而作，日落而息。

那时候，村子里家家都很贫困，低矮的草坯房、昏黄的灯光、缓慢的牛车、落满补丁的衣裳、长年累月的咸菜……在那些一目了然的苦日子里，却有许多令我难忘的记忆：听杨伯绘声绘色地讲古书《封神演义》《七侠五义》，冬夜寂静的落雪似乎也多了些许的豪壮；夏日的打麦场上，看着被麦芒扎了一道道红痕的臂膀，心中竟生出仿佛佩戴了勋章似的骄傲；装满婆婆丁、小根蒜的柳条筐里，也装了一缕缕找寻春光的欢喜；深秋时节，刨开田埂上的鼠洞，夺回金黄的玉米粒，兴奋得大喊大叫……

当年吃下的很多苦，或许里面正藏着后来的很多甜。

小时候，我特别关心的一件事，就是到哪里能找到好吃的东西，如何让饱肚子维持得久一些。那会儿，细粮极少，全家人只能在春节吃上两顿饺子，平时几乎天天是单调的高粱米饭、玉米面饼子、玉米面粥。下饭的菜便是自家房前屋后的小菜园里种的寻常蔬菜，一年四季吃得最多的老三样是土豆、白菜和萝卜，偶尔吃上一顿肉，得回味好几天。大人和孩子们肚子里的油水都少得可怜，饥饿时常袭来，自然而强烈。

尤其是那些山寒水瘦的冬日里，正在长身体的我，经常还没到饭点，肚子便饿得咕咕直叫唤。我赶紧到厨房转一圈，只要是能吃的东西，抓过来便一通狼吞虎咽。

那天，实在找不到可吃的东西了，我饿得直喝热水。祖父见状，便安慰我："等一会儿，我给你弄点儿好吃的。"

一听说有好吃的，我立刻来了精神，跟着祖父坐到外屋的小火炉旁，看着他将一颗土豆削好皮，切成薄片，摊放到烧得微红的铁皮炉盖子上。伴着一阵"哧哧啦啦"的声响，土豆片冒出一缕白雾，飘出一股好闻的香气。再翻煎两次，外焦里嫩的土豆片就被祖父用两根柳条筷子夹到了碗里。趁着热乎劲儿，我咬了一口，唇齿立刻被一种特别的芳香占领了。

祖父还给我做过一道此生难忘的美味。他将菜园里种的十几颗其貌不扬的甜菜疙瘩洗净了，切成小块，放到大铁锅里，添上很多水，盖好锅盖，往灶膛里塞上干柴，用旺火猛熬一顿，直到甜菜都酥软了，再用小火慢慢地熬，待锅里的水快熬尽了，撤了火，用锅底的余热继续熬。大约五六个小时后，掀开锅盖，锅底便聚了一堆蜂蜜般黏稠的酱紫色糖稀。

用勺子舀一点儿糖稀，抹到玉米饼上，粗糙的玉米面立刻多了一份甜滋滋的味道，真是越嚼越好吃；放一点儿糖稀在玉米面粥里，搅拌一下，香甜马上就打动了舌尖，接着又从喉间一直绵延到腹中。有时，忍不住空吃一大口糖稀，那股齁甜的感觉，我至今仍难以忘怀。

祖父说得真好——煎和熬都能变成美味。即使在清贫的日子里，只需动动手，将普通的土豆片在炉子上煎烤一下，或将不起眼的甜菜疙瘩在锅里熬上一番，就能够魔术般地变出久久香甜的美味。

很喜欢一位书法家赠我的条幅——"人生实苦，唯有自渡"。其实，遭遇一些意料之中或意料之外的苦难并不可怕，可怕的是向苦难低头，失去了冲破苦难的勇气和斗志。被众多网友盛赞的黄国平，努力跟命运抗争，将自己活成了一束光，照亮了自己的生命，也照亮了无数不甘被艰辛命运摆布的心灵。

不管来路几多坎坷，也不问去程几多磨难，历经煎熬，愿我们归来时依然生命葱茏，微笑如花，风采翩然。

让喜欢结出美丽的果

高二那年，同学们正如火如荼地忙着备战高考，她却不可救药地迷上了写诗。

她的书包里塞满了中外著名诗人的诗集，练习册的空隙间经常可见她信手写下的灵感迸发的诗句。有时，大家正静静地上着自习课，她抑制不住的诗情会牵着思绪四处漫游，猛然将她带进另一片欢悦的天地。徜徉其间，她甚至会不由自主地手舞足蹈起来，让身边的同学惊讶，她又"发神经"了。

老师很严肃地提醒她，现在是备战高考的非常时期，她正站在人生的一个重要节点上，绝对不能让肆意泛滥的诗情影响可能会关乎她未来命运的高考。

她当然知道高考对她而言有多么重要，可她就像中了魔一样，无法挣脱诗歌的诱惑。

父亲坚决地阻止她，并严厉地警告她："再让我发现你书包里有诗集，别怪我动粗。"

母亲苦口婆心地劝她："忍一忍，等考上大学，你再读诗、写诗，谁也不会阻拦你。"

虽然觉得父母的劝阻很有道理，可诗歌似乎伸出了一双魅力无穷的手，紧紧地拉住了她，让她一时欲罢不能。

很自然地，她的学习成绩明显地下滑。她意识到了，极力控制着自己，两周没再读诗、写诗，然而，莫名的焦虑却涌了上来，让她整日心烦意乱。她拿起书本，努力了半天，也难以进入理想的状态。

那天早晨，她刚一出门，便看到一位老伯正挥斧砍断栽种在小区里的两株苹果树。那是三年前，老伯从朋友的苹果园里移植过来的。当初栽下它们时，老伯曾自信地对众人说，或许明年就能吃到它们结出的苹果。然而，三年的时光过去了，它们只是拼命地枝繁叶茂，不要说苹果的影子，甚至连一朵苹果花也不曾绽开过。

她有些惋惜又有些不解："结不出苹果也可以留下来，像那些杨树、柳树、榆树一样，供大家欣赏，不必非要砍掉它们啊！"

老伯连忙摇头："它们是苹果树，该开花的时候就应该开花，该结果的时候就应该结果，这是它们的使命，是它们应该做到的。"

"它们应该做到的?"她还是有些困惑。

"是啊，我栽下它们，不辞辛苦地为它们浇水、施肥、剪枝、捉虫，就盼着它们能结出苹果。我做了我该做的，它们也应做到自己该做的。"老伯有自己坚定的理由。

"也许它们与别的苹果树不同，不喜欢开花结果，只喜欢这样年年绿叶满枝。"她还在极力为那两株特别的苹果树辩解。

"就像一个工人要好好做工，一个农民要好好种地，一个学生要好好读书，先做好自己最本分的事，才是最重要的。即使内心里还有其他喜欢做的事，也不能影响了最本分的事，而要让自己的喜欢结出美丽的果。"老伯朴素的话语里蕴含了深刻的人生哲思。

"先做好自己最本分的事，让喜欢结出美丽的果?"老伯的话仿佛一颗投进她心海的石子，立刻荡起了一圈圈的涟漪。

她想，自己前一段时间对诗歌近乎痴迷的喜欢，多么像那两株任性的苹果树，只是一味地放纵自己的喜欢，全然忘却了自己最该做的事情是什么，忘却了要将自己的喜欢结出美丽的果实……

宛如一道电光闪过心头，她恍然发觉，喜欢上诗歌并没有错，错的是自己因为沉溺于一份单纯的喜欢，而忘却了成长岁月里最重要的事。自己应该像其他同学那样，先好好学习，考上理想的大学，而喜欢诗歌是一辈子的事情，可以慢慢地来……

而后，她把那份深深的喜欢埋在了心底，全力以赴地备战高考，学习成绩得到了飞快的提升，在老师和家长们的惊喜中，她收到了北京一所名牌大学的录取通知书。再后来，她攻读了硕士和博士学位，成了一名优秀的高校教师，而她的另一个身份是知名的校园诗人。

　　回望来路，她特别感谢那个秋日里那位老伯智慧的点拨：人生的每个阶段都有该做的重要的事，自己喜欢的事不一定非要急着立刻去做，但一定要努力让喜欢开出美丽的花，结出美丽的果。

在摇摇摆摆的人间从容而行

邻居家的孩子小白，从小到大一直学习优秀，从国内一所"双一流"大学拿到了博士学位，投过 30 多份求职简历，经过 10 多轮笔试、面试，最终进入一所普通高校，成为一名典型的"青椒"，整日被课题、论文、教学弄得焦头烂额，而到手的工资不足 5000 元。

他苦涩地自嘲道："读的书越来越多，要忙的工作越来越多，身累心也累，可理想的生活似乎离自己越来越远了。"

我理解小白的焦虑，也不想用"奋斗改变命运"这类"鸡汤"去安慰他。我只希望他能够尽早明白，在这"内卷"日益严重的当下，他必须停止无端的盲动，好好审视一下自己的人生规划，让一颗被太多欲望裹挟的心静下来，从容地面对现代社会各种一时难以回避的"内卷"，不迷失，也不无奈地"躺平"或"佛系"。

我先给小白沏了一杯蒲公英茶，然后又给他沏了一杯撕掉包装的顶级"大红袍"。我问他更喜欢哪一杯茶，他答："喜欢第一杯，淡淡的苦涩中有一股难言的好味道。"

我告诉他："前者是我在野外自己动手采集的蒲公英晾晒而成的，后者是一位企业老总送我的，我也喜欢前者，因为它清淡，据说还有润肺、清毒、防癌等作用。"

"有些好东西并不需要花很多钱，甚至是免费的。"小白边品茶边感叹。

"的确如此，世间有不少好东西都是免费的，譬如美的景物、安之若素的心态。"我将目光投向花盆里那株缓慢生长的多肉，它根本不羡慕身旁那些争奇斗艳的花朵，只是静静地赶着自己的路。

"是不是少一些追赶，就能活得轻松一些?"他认为，生活中五颜六色的诱惑太多，很容易让人深陷其中，难以自拔，比如体面的工作、可观的收入、宽敞的住房、不错的名气……

"不是要少一些追赶，而是要弄清楚自己究竟应该追赶什么，清楚自己的远方和边界。"

"清楚自己的远方? 清楚自己的边界?"他若有所悟。

接下来，我跟他讲了一位老讲师的故事：20 世纪 50 年代末，她从北大中文系毕业，一直在哈尔滨一所大学工作。她学识渊博，讲课风趣幽默，原本枯燥乏味的古文字学、文献学，经她一讲解，竟散发出迷人的魅力。她的课堂经常座无虚席，很多其他专业的学生纷纷慕名来旁听她的课。不过，她"最另类"的地方却是她的"三个从不"：从不申请课题、从不写论文、从不参与各类评奖。直到退休，她的职称仍是讲师，可是，她始终欣慰于自己桃李满天下。她教过的学生即便成了博导，成了学术大咖，仍感激她当年的学术引领，见到她仍毕恭毕敬……

有学生好奇地问她："老师，凭您的才学，评个教授，当个博导，也不是一件很难的事啊，您为何不去争取一下呢？"

"让别人去争取吧，我只争取做好我想做的和喜欢做的事情。"她的一语淡定里透出命运在握的自信与坚定。

"真是一位活得很自我的好老师，但在现在的高校里，恐怕极少有人能活得像她这么个性鲜明吧。"小白很欣赏老讲师的洒脱，但他无法效仿。

"要活出自己想要的模样，其实也很简单，只需少一点攀比、计较和盲从。"我想起一位爱写作的农民朋友老程，准备带小白去认识一下。

周末，约好了要去见老程，小白突然有些犹豫，他说有个准备申报的课题需要论证一下。我问他喜欢这个课题吗？获批的可能性大吗？他答，他不喜欢，课题获批的可能性也不大。只是看到不少年轻老师都在准备课题申请书，自己也琢磨着对付一个，来点儿自我心理安慰。

我一语中的："既然如此，那样自欺欺人的心理安慰不要也罢。"

走进老程城郊的农家小院，一股清新的风拂面而来，屋前是一个不大的菜园，一座小花坛边，几只鸡在闲庭信步，一条乖巧的黄狗正眯着眼睛晒太阳；屋后，一排大杨树一共五棵，老高老高的，浓密的绿叶不时地发出哗啦啦的响声。

小白惊讶于老程手里拿着的那本老版的《论语》："为什么要读它？"

"也看不大懂，就是随便翻翻，觉得里面有些话挺值得琢磨的。"老程刚过 60 岁，戴着一副老花镜，有些乡村知识分子的范儿。

小白好奇地打量着老程的两个书架，里面杂乱地放着各类书，有通俗小说，有实用的种植书籍，也有康德、叔本华、弗洛伊德、李泽厚等大家的哲学、心理学著作。

老程一脸悠然道："我看书大多随性而为，也没啥目的性，抓到啥就看啥，大多是囫囵吞枣，一知半解，就是看着玩，觉得挺有意思的。"

"投入大把的时间，只为看着玩？"小白根本不会想到，就在这不远的城郊，竟能遇见老程这样的"高人"。

"是啊，只想活得自由一些，活得开心一些。"老程的农活干得很一般，日子过得也不算富裕，但他爱好广泛，吹拉弹唱都会一些。他喜欢看书、写作，写的诗和文章都曾发表过、获过奖，还出版过一部长篇小说。

读了老程刚写的一篇小小说，我赞许道："有浓郁的乡土气息，读起来很亲切。"

老程有些羞涩道："写着玩的，不追求发表，也不指望赚稿费。"

小白鼓励老程："您再努努力，成为一名农民作家。"

"写作纯粹是我的个人爱好，我从没有过有朝一日成为作家的念头。"老程对赚钱没兴趣，对成名也不上心，他只愿意将时间慷慨地花在喜欢的事情上，而且是小时候就开始的喜欢。

回去的路上，小白忍不住感慨，不为繁华易素心，方能拥抱自己真正想要的生活。

是啊，不被某些诱惑牵绊，不去追赶某些潮流，不去挤那些热闹的跑道，在摇摇摆摆的人间能够始终认真倾听内心的召唤，从容地亲近眼前的生活，安然地走向自己向往的远方，像一片流云不问归处，像一溪清流不问前程，只要这一路陪伴自己的欢欣，那该有多好？

我还在期盼秋天

料峭的春风中，88 岁的老董正挥舞着铁锹，耐心地平整那块将近两亩的菜地。

那原本是一块遍布垃圾的荒草地，已废弃很久，被老董看中了。他不顾儿女的极力反对，硬是蚂蚁啃骨头般地镰刀、铁锹、镐头齐上阵，陆陆续续忙活了两年，最终开垦成了如今像模像样的菜园。

老董跟土地特别有感情，一辈子喜欢种菜和种庄稼。在他眼里，任何一块荒芜的土地都应该撒上种子，变成菜地，或变成庄稼地。

其实，老董的退休工资很高，他的大儿子是著名的企业家，身家早已过亿。儿子在市里给他买了宽敞的电梯房。他的女儿已从市妇联退休，家境优裕，身体也好，原本打算退休后多陪陪父母。可老董偏偏领着老伴在市郊买了二手房，只为方便种菜。

儿女拗不过他，只能由着他的性子，哄他高兴。儿女们找人在菜地旁建了一个彩钢房，作为储物间，还帮他买农具、买种子、买农家肥，有时也帮他春种、夏锄、秋收。等到冬藏了，他终于可以歇息一下了，可他仍不肯住进市区的电梯房，仍喜欢待在那个老旧的二手房里。他说现在的住处接地气，周边的邻居多是老人，能聊到一起。

我不解地问老董："您年纪这么大了，也不缺钱，现在买菜特别方便，干吗非得自己辛辛苦苦地种菜呢？"

老董笑了笑说："辛苦算不上，就是忙碌一些，但有滋有味地忙碌，日子过起来才有意思啊！"

"那您可以找点儿轻松的事做啊，照料那么大一块菜地，可不省心省力，多累啊！"我时常见他起早贪黑地在菜地里忙碌。

"干啥都得上心啊！力气是用来花掉的，是不能攒的。累一点儿很正常，累了能多吃饭，晚上睡觉也香。"老董倒是有一大堆种菜的理由。

一个阴雨绵绵的午后，老董穿着雨披，两脚泥泞地从菜地里回来，挎的篮子里装满了茄子、辣椒、黄瓜，都水灵灵的，特别惹人喜爱。

见到我，他非要塞给我一些："快拿着吧，这段时间雨水大，菜长得快，得赶紧摘着吃，老了就可惜了。儿女们离得远，也嫌费事儿，不愿意过来摘，我就摘了送给左邻右舍。"

"既然您根本吃不过来，干脆少种一点儿啊！"我建议道。

"儿子和姑娘也总是这么劝我，我也想少种一些，可是，种菜是有瘾的，一到种菜时节，我就觉得每一块地都该种点儿东西，否则就可惜了。一时忍不住，就种多了。"老董说到"种菜有瘾"时，眼睛里满是欢喜。

上秋时，老董在去菜地的路上被一辆疾驰的小汽车撞倒了，在医院住了三个多月。

住院的日子里，他念念不忘的还是他的菜地，非得让儿女把菜地里的收成拍成视频和照片，他一一看过了，才有些心安。

家人趁机劝他："还是把菜地转送给别人吧，奔 90 岁的人啦，该好好歇息，颐养天年了。"老董却固执地说，等养好了伤，他还得继续种菜。当然，他也听从了儿女的规劝，要少种需经常侍弄的蔬菜，多种一些不用太操心的庄稼，比如大豆、玉米，再种些好管理的红薯、花生。

积雪刚刚消融，我又看到老董在细心地平整着菜地，便打趣他又开始期盼一个蔬菜满园的春天了，他立刻认真地纠正道："不只是要期盼春天，我还在期盼丰收的秋天呢！"

　　真好，即便已是耄耋之年，依然愿意播下希望的种子，愿意洒下劳动的汗水，耐心地等待着花开、果熟，一季又一季。这便是许多人十分向往的"岁月静好，生活芬芳"吧。

好时光是用来珍惜的

紧张的中考备战之际，她突然变得很焦躁，时常莫名其妙地冲家人发火。

暑假一到，她就立刻逃离了似乎总也上不完的补课班，独自乘车来到兴凯湖畔的姑姑家，想在那里寻一方安静。姑姑家在那个小渔村的村口，宽敞的三间大屋只姑姑一个人住着，姑夫去外省打工了，得等到春节才能回来。

对于她的到来，姑姑很高兴，把她要住的房间收拾得利利索索，铺上没舍得用的新床单。当天晚上，姑姑就做了她特别喜欢吃的铁锅炖鱼，新鲜的兴凯湖鲫鱼，自家菜园种的土豆、茄子、豆角，村里人加工的粉条，一起放在大铁锅里，灶膛里是熊熊燃烧的木柈子，一会儿的工夫，厨房里便馨香四溢了。

晚饭后，她站在姑姑家的小院里，牵牛花正在屋前的木栅上攀援，白杨树在屋后兀自挺拔着，头顶是一轮皎洁的明月，天空中繁星闪烁，空气里弥漫着好闻的气味，一只萤火虫翩然飞过。湖畔的夜色好美啊，她一时难以描摹。

姑姑在外屋补渔网。一把钩针、一根长长的白丝线，在她灵巧的手上自由穿梭，那张破损严重的渔网似乎转瞬间就变成了一件精美的艺术品。

姑姑哼唱着一首她熟悉的流行歌曲，饶有兴致地忙碌着，那副忘我的样子让她十分惊讶：枯燥的劳动何以成了开心的享受？

姑姑问她是否要尝试一下，并给她做了慢动作演示。看似很简单，她一上手，才发现其实并不容易，真应了那句俗语"看花容易绣花难"。姑姑是帮一村里的打鱼人补网，那么一大片才挣 5 元钱，她觉得太辛苦，可姑姑却十分知足。

姑姑说，比起姑夫在外打工的劳累，自己在家里顺手就把钱挣了，虽说不多，但也可贴补家用。

不补渔网的时候，姑姑就领着她去菜园里转转。姑姑是一个闲不住的人，看到黄瓜秧疯长，她顺手掐尖；柿子架歪了，赶紧扶正；茄子地里长出两棵杂草，马上拔掉……看着姑姑麻利地做着活，左一下右一下，她脑海里立刻浮现出《诗经》里那些欢快而忙碌的采摘场景。受了姑姑的感染，她也饶有兴致地伸出手，帮姑姑除去菜苗间的杂草。

看见韭菜地里有几株水稗草，她刚想动手除去，姑姑却拦住她："留着它们吧。"

她困惑不解："为啥这些杂草不拔掉？"

姑姑解释道："留着它们跟韭菜争夺水分和养分，要不然，韭菜会疯长，吃不过来，还得割了扔掉。"

原来如此！她恍然想起一篇美文的题目《有些小草比花还重要》，有些看似无须珍惜的东西，也会给我们某些惊喜呢。

那天，站在兴凯湖柔软的沙滩上，望着蔚蓝的天空、浩渺的湖水、翻飞的鱼鸥，姑姑像一个突然来访的游客，啧啧地赞叹道："多美啊！好好地欣赏吧。"

她惊讶地问："姑姑，这是您熟悉的风景啊，怎么还这么激动呢？"

"美的风景就要珍惜啊，不管它熟悉还是陌生。"姑姑竟说出了这样别有意味的审美观念，她不由得为姑姑的生活态度暗暗点赞。

偶尔一次聊天，她得知了姑姑一连串的不幸：一出生，便因先天性心脏病差点儿夭折；好不容易活下来，又三天两头地得病，有一次病重到奄奄一息，奶奶绝望地抱着她，以为她没救了，而她在昏睡了一周后，竟奇迹般地活了过来；10岁那年溺水，差点儿没了小命；15岁那年，被运粮的卡车碾到车底下，只碰破点儿头皮，吓得家人多年提起那个情景，仍心惊胆战……

姑姑说："死神几次从身边走过，可能就是在提醒我，活着的好时光都是用来好好珍惜、好好享受的，苦也罢、甜也罢，忙也罢、闲也罢。"

姑姑的话如一缕清爽的风拂过她的心陌：是啊，谁的生活里不是如意与不如意掺杂呢？有伤心的泪痕，也有灿烂的笑颜，才是真实的人生。

姑姑并没有给她讲什么人生大道理，甚至没有给她说一些励志打气儿的话，她却非常感谢在姑姑家小住的那段日子，因为她真切地懂得了该怎样微笑着走过生命中的泥淖。

多年后，已是一所大学里深受学生们喜爱的教授的她，忆起与姑姑在一起的那段往事时，仍禁不住感慨道："好时光是用来珍惜的，也是用来好好享受的。"

我愿意看到你的快乐

很偶然地读到芬兰小男孩奥特索的故事，我便一下子不可救药地喜欢上了，奥特索好像是刚从安徒生的童话里跑出来，他纯净的心愿和美好的举动令我暗暗地为他鼓掌。

那是春光明媚的一天，他在动物园看到一只无精打采的小熊，猜想它一定是因为住的地方缺少一棵可以自由攀爬的大树，才坐在那里闷闷不乐的。而他接下来最想做的一件事，就是要帮它赶紧快乐起来。

于是，整整一个暑假，他都在山林里奔忙着，不停地采摘各种浆果，他还在祖母的协助下酿造了 400 瓶果汁，拿到街头，顶着骄阳摆摊出售。他拿着辛苦赚到的 200 欧元，找到动物园管理人员，说要捐一棵树给那只苦恼的小熊，他想看到它开心的样子。

奥特索朴素的心愿很快就变成了现实，爬到树上的小熊果然开心起来了，它那憨态可掬的样子真是可爱极了。奥特索捐钱移植来的那棵树被人们亲昵地称为"开心树"。

虽然我不曾见过奥特索和他的那棵美丽的"开心树",但我特别相信:在生活里,像他这样怀揣金子般的爱意、默默做善事的好人一定有很多很多。他们忧伤着别人的忧伤,快乐着别人的快乐,还愿意竭尽全力去帮助那些忧伤的人擦去眼泪,走进快乐的阳光里。

诺贝尔奖获得者、年迈的印度修女特雷莎仅有三套可供换洗的粗布衣裳,她一次次出入那些低矮的茅棚,像一位行走于红尘的天使,将一双温柔的手伸向那些需要救助的穷人、病人、孤独的人,帮他们抹去生活的苦痛,拂去心头的忧伤。正如一位诗人所赞叹的那样:特雷莎一生都在爱的路上奔忙着,不停地播撒关爱的甘霖,每一个需要关怀的陌生人都是她的至爱亲人,她生活的全部意义仿佛就是秉承上帝的旨意,让这个世界上再少一些苦痛,再少一些哀伤……

曾经采访过一位不愿透露姓名的慈善家,问他为何那般慷慨地捐赠自己辛辛苦苦赚到的钱。他的回答真诚而朴素:"因为我也曾那样苦过,不忍再看到那样的苦;因为我曾渴望过快乐,也愿意看到更多的快乐。"

我恍然想起祖父也说过类似的话:"善良的人不会在别人的苦难面前闭上眼睛。"

一位家境贫寒的清洁工给那个患了白血病的小女孩送去一束鲜花。她卑怯地说自己一点儿也不富有,但她只想尽一份心意,只想看看小女孩纯净的笑脸。

我夸赞她是一个真正富有的人，因为她张开了一双爱的手，撒下了一缕真善美的阳光。

我问那个整天忙忙碌碌、十分辛苦的快递小哥，为何他总是乐呵呵的，好像生活里从没有什么忧愁似的。他的回答特别暖心："既然每个人都喜欢快乐，我为什么不在送快递的时候，再给客户免费送上一份快乐呢？"

真心喜欢"我愿意看到你的快乐"的人，让我常常感动。

看得见今天才有明天

曾经以为，梦想总在遥远处。

小学生作文辅导课上，我给同学们布置了一个有关梦想的题目。很快便收上来一大摞作文。一篇篇翻开，色彩缤纷的梦想让我眼花缭乱：有宏大的，有高远的，有令人心驰神往的，有叫人热血沸腾的……

让我怦然心动的是一篇"很另类"的题为《我只要看得见的今天》的作文。小作者只在文章结尾写了一句"这就是我的梦想"，整篇文章娓娓道来的是她一天里要做的事：认真出早操，认真上好每节课，吃饭不马马虎虎，好好照料那两条漂亮的金鱼，陪 82 岁的奶奶聊天半个小时，抽空读几页喜欢的课外书，幸福地发呆五分钟……

有时，一个看似没有梦想的人却真正地拥有梦想。细读小女孩朴素的心愿，我不禁为她如此踏实的"梦想"欣然点赞。

多年以后，当年那个扎着羊角辫的小女孩已名牌大学毕业，成为一名光鲜的职场达人。

在电视荧屏上，再次听到她对梦想令人耳目一新的诠释：梦想不一定非得多么高远，也不一定非得多么绚丽。有时，懂得珍惜每一个触手可及的今天，满怀欣喜地充实每一个今天，做自己愿意做的每一件小事，让成长变成一件非常自然的事情，或许也是一个很高远的人生梦想。

蓦然想起自称"脚踏红薯地，仰望星空"的年轻人于广浩：喜欢挑战的他，不顾家人的竭力反对，放弃了考大学的机会，穿梭于北大校园，旁听了一年的大学课程。尔后，他骑自行车周游了大半个中国，在大西南的原始森林里，跟一位民间科学家捉了一年的蝴蝶。再后来，他当了一家知名互联网生鲜店最年轻的采购经理。不愿过那种一眼看到头的日子，他毅然辞掉了别人艳羡的工作，去搞个人创业。遭遇了两次创业失败后，他做了卖红薯的小商贩。28 岁那年，他成为一名让人羡慕的星空摄影师，一路追赶自己满心的喜欢，活出了极富个性的自己。

谁说于广浩没有梦想？他的梦想就是怀揣一腔热爱，去拥抱生活中的一个个神秘的未知。一如他在日记中所写的那样："我只是在追求自己喜欢的生活，我最多只能告诉亲爱的你，原来理想并非遥不可及，原来去追求理想并不会死在路上。"

读于广浩的故事，我想说："全身心地拥抱看得见的今天，才能真正地拥抱诗和远方。"

"博士""单亲妈妈""辞掉年薪百万的投行经理""潜水拍摄""与鲨鱼亲密接触"……这是 30 多岁的水下纪录片导演周芳的几个鲜亮的人生关键词。她在不停地切换着生活"赛道",充分体验到了"想到了,就去做"的快意,真切认清了那些顺理成章的选择,追随自己心中欢喜而实在的梦想,一路欢欣地走过去,汗水是咸的,泪水是苦涩的,欢喜是发自肺腑的,自豪是回肠荡气的,因为那些心甘情愿的"真",她的梦想也变得那么亲切而美丽。

是的,我们的梦想可以如此"接地气",也可以如此不加掩饰地张扬。当然,我们更可以真切地看着梦想鲜活的模样,悉心做好手头的事,不管多么细小、多么琐碎,都愿意付出热情,给予努力,将每一个实实在在的今天连接起来,自然会铺出一条通往灿烂明天的大道。

著名企业家冯仑说过:"看得见未来才有未来。"的确,明天的曼妙与神奇必定藏于今天扎实的奋斗之中,若想拥抱明天的辉煌,不妨先拥紧今天的充实。

不能辜负爱的阳光

你的暖，雪花看得见

那天的雪下得真大，漫天飞舞的雪花仿佛要将整个世界笼成一片白。

他推着沉重的电动车，在茫茫雪海中踉跄着，脚下突然一滑，险些摔个大跟头。寒风夹着雪花，猛地灌进领口，一种刺骨的凉顺着脖子向后脊梁快速延伸，他不禁打了一个寒战。

这样的天气，应该待在有暖气的屋子里，而不是如此艰难地跋涉于风雪之中。

可是，他太需要钱了，不管多辛苦，他都得出来奔波。

客户催促的电话又来了，他呵呵冻得有些发麻的手，抖抖帽子上的雪，加快了脚步。

快走进那个住宅小区时，从胡同里突然窜出一辆货车，他急忙躲避，电动车向前一滑，连车带人一同摔倒在雪地里。

他顾不上起身，赶紧查看客户订的外卖。还好，在摔倒时，他下意识地抱住了装外卖的帆布包，没像上次那样，将客户订的午餐摔散了，只得自己掏钱赔偿。

揉了揉有些发痛的腿，他从雪地上爬起来，拍掉沾了一身的雪，推车继续前行。

裹了满身的雪花，他将那份快餐递到客户手中，满脸歉意道："特别不好意思，雪很大，路太难走，有点儿迟到了。"

客户是一个脾气暴躁的小伙子，根本不听他的解释，劈头盖脸地训斥道："别找理由了，迟到了就是迟到了，我得给你一个差评。"

他一听要给"差评"，急得眼泪都快出来了："求求您，千万不要给差评，我的确迟到了 10 分钟，我可以按您的订餐费赔偿。"

"我不要你的赔偿，就要给你一个差评。你要为你的迟到买单。"那个小伙子很霸道。

"我也不想迟到，可这大雪天，路实在是……"他的身体和内心一起莫名地打着冷战。

"我不管天气，你耽误了我的就餐时间，就该得到差评。"小伙子不依不饶。

他都差点儿跪下了，那个小伙子仍没有一点儿恻隐之心，不由分说地给了他一个"差评"。

上周就因为将菜汤撒到了盛米饭的餐盒上，一个盛气凌人的小姑娘给了他一个"差评"，结果他被扣掉 200 块钱。这第二个"差评"要被扣掉 300 块钱呢！可是，他只能无奈地接受，委屈的泪只能往肚子里咽。

拖着沉重的脚步，他继续送下一单。雪下得似乎更大了，路也更难走了。

在一个车流涌动的路口，一位老人走着走着，忽然摔倒了。

几乎没有任何犹豫，他将电动车往路边一放，快步跑过去，将脸色苍白、大汗淋漓的老人扶到路边，解下毛围巾给老人围上。他猜想老人是突发心肌梗死，赶忙从老人衣兜里翻出硝酸甘油丸，放到老人的舌底，并快速拨打120急救电话。

随后，他打开老人手机上的通讯录，翻找其家人的联系电话，第一个标注其儿子的电话号码，他竟有些眼熟。拨通后，一个熟悉的声音传来，竟然是他，那个执意要给他"差评"的年轻人。

看到那个坐在风雪中、将父亲的头部放在自己腿上的他，小伙子感激而羞愧道："谢谢！谢谢你的救命之恩！"

他却淡然道："碰巧赶上了，是谁都会这样做的。"

"对不起，我中午太冲动了！"小伙子万分愧疚，补偿似的拿出一沓钱往他手里塞。

他连忙拒绝道："我的确很需要钱，但这样的钱，我不能收。"

救护车载着老人走了，他才想起那份又要迟到的快餐，赶紧联系客户，闻知他迟到的原因，电话里头的小姑娘安慰他："没关系，什么时候送来都可以。"

他心里暖暖的，感到这个世界上好人还是挺多的。

又一个周末，获救的那位老人的家属登门送上大包小包的各种礼物，一再强调，救命之恩怎么报答都是应该的。老人的儿子紧紧地拉着他的手说："大哥，你是一个大好人，我将送你一个大大的好评。"

没多久，他去一家物流公司当上了业务副主管，薪酬是送外卖的两倍多，工作稳定，劳动强度也比送外卖小很多。

没错，这份不少人羡慕的好工作，就是那个小伙子送给他的"大大的好评"。

就像凛凛冬日，没有一片雪花会拒绝美丽地绽放，也没有人会拒绝一份春天般的温暖。

走火的呵斥与悉心的倾听

那是 1997 年，刚入民盟三个月的我，热情地参加民盟市委组织的"送温暖"活动，走街串巷，去慰问那些需要救济的贫困户。

一个飘着雪花的周末，我和民盟支部主委徐老师拎着慰问品，乘公交车来到市郊的一个小镇。问过几个路人后，我们踩着结满冰的雪路，拐过两条狭窄的胡同，终于走进特困户于铁的家。

于铁一家住在一栋老旧的平房里，没有集中供暖，冬天要靠自家的煤炉带动简易的小锅炉取暖。我们进屋时，炉子没生火，屋里冷得要命，呼气很快就成了白雾，灶台上两只没洗的碗都结了一层薄冰。

屋内又脏又乱，女主人患了严重的糖尿病，没钱医治，手脚溃烂得骇人。她裹着一条露棉絮的破被子，一脸愁容地半卧在床上。一个八九岁的小男孩穿一件旧棉衣，油腻腻的，头发散乱着，小脸冻皲了，黑乎乎的手不时地抹一下鼻涕。

"这么冷的屋子怎么能住人？"徐老师直皱眉头。她赶紧出门，想找些柴生炉子，给屋子添些热乎气儿，可找了半天，她才找到几块潮湿的木桩子，墙角的煤棚里只有一点儿碎煤渣。

我和徐老师好不容易生着了火，炉筒子却四处冒烟，呛得几个人直流眼泪。

我问小男孩他爸爸去哪了，小男孩说去玩麻将了。我一听，脑袋要炸了：日子过得如此窘迫，他居然还能没心没肺地出去玩麻将？

不行，我得把他揪回来，必须得开导开导他，贫困不可怕，可怕的是对贫困的麻木。

一出门，正好遇见社区的工作人员小刘，听闻我要找于铁，他一脸无奈地告诉我："于铁真是人穷志短，可怜又可恨。社区帮他安排了保洁的工作，他嫌累不干；给他家买了两吨取暖的煤，他居然给卖了，换了钱买酒喝；家里没吃的了，就来社区讨要。社区主任开导他好几次了，他根本听不进去，依然破罐子破摔，真拿他没办法。"

"居然有这样难缠的困难户？"若非耳闻目睹，我实在不敢相信。

在一家小食杂店，我见到了于铁，他正跟几个人玩麻将。听说我是市民盟来他家慰问的，他竟心安理得地要求："别总是送一些油啊面啊，最好多送一点儿钱。"

"你赶紧回家，看看你那个冰窖一样的屋子。"我强压着心头的怒火。

"你看着冷，就帮忙解决一下呗。"他手上的麻将还没停下来。

"快回家吧，别玩了。"同去的小刘也劝他。

"我回去也没用啊，政府多关心关心群众的疾苦吧。"于铁阴阳怪气道。

"于铁，你这个混蛋，赶紧滚回家去！"我忍不住了，上前薅住他的衣领，一把将他拎了起来。

"你……你……"看到我一脸的怒气，他有些吃惊。

"照照镜子，你还算个男人吗？你还好意思在这里玩吗？你有资格让人关心吗？你还穷得有理了？还穷得光荣了？你这叫不知羞耻，是没有骨气，别怪我瞧不起你……"我声色俱厉地冲他怒吼。

于铁没想到我一个戴着眼镜、长相斯文的年轻老师，会如此不客气地训斥他，想争辩几句，但被我当时不容分辩的气势压下去了，乖乖地跟我回了家。

这会儿，徐老师已将屋子收拾干净，屋子里也暖和了许多。

我和徐老师又心平气和地开导了于铁几句。临走时，我塞给他两百块钱，让他买些煤，别让妻儿再住冷屋子了。于铁羞愧地说："谢谢崔老师，我一定痛改前非，做一个要强的男人！"

我拍拍他的肩膀，说相信他肯定能够说到做到，有困难可以随时找我，一起想办法克服。

后来，我又找到同为盟员的糖尿病专家，为于铁的爱人做了细致的体检，为她争取到了大病救治的"绿色通道"。后来，她病情明显减轻了，还找到了一份轻松的工作，有了一些收入。

没想到，我那天走了火的暴风骤雨般的训斥，竟彻底改变了于铁的生活态度——他变得勤快起来，不再等和靠，凭借着一双能干的手，将日子过得越来越好。没过几年，就摘掉了"贫困户"的帽子。

一天，与那位社区主任聊天，他慨叹："我那么苦口婆心地开导，根本不起作用，你这个民盟的年轻人一番训斥，居然让浪子回了头。你的这种扶贫智慧值得我跟同事们好好学习。"

我诚恳道："我当时是恨铁不成钢，一时气极了，便忍不住冲他大发雷霆。好在他知道我是为他好，听进去了，并努力改正了。"

其实，很多时候，我更喜欢默默地倾听。

也是那年的腊月二十九，在回老家的火车上，对面座位上一位衣着光鲜的中年女子，满面愁容地望着窗外，不时地轻轻叹息，仿佛心里压了好多石头。

我当时正在翻阅着一本杂志，作家毕淑敏那篇《千头万绪是多少》的标题吸引了我，我不由得读出声来："千头万绪是多少？"

"我现在就被千头万绪压得喘不过来气了。"中年女子痛苦地抱怨。

"怎么会呢？可以说一下吗？"我难以置信。

没想到，我的一语关切瞬间打开了她幽闭的心扉，她一股脑地向我倾诉起来。

于是，在她絮絮的讲述中，我知道了：一向正直的她，作为一家医院的科室主任，不肯接受医药代表的红包，不愿给患者多开药，不积极搞创收，领导不满意，同事也不开心；他的老公是位军人，两人聚少离多；公婆年纪大了，身体常闹毛病，她得跑前跑后地忙碌；女儿上小学了，帮她接送女儿的父亲被车撞伤了，估计至少还得住院两个月……烦心的事一桩接一桩，让她焦头烂额，应接不暇。

在她讲述的过程中，我几乎没插一句话，只偶尔点点头，任她将积淤在心里的苦楚酣畅淋漓地倾泻而出。她似乎也并不需要我说什么，只需我做一个默默的倾听者。

"很奇怪，跟你这个陌生人倾诉一番，我感到轻松了许多。"她脸上流露出一丝微笑。

"谢谢你的信任，愿意向我敞开心扉。"我没想到，安慰一个人，有时只需要悉心倾听。

而后，我给她看了毕淑敏的《千头万绪是多少》，我们一起笑起来：原来，所谓的千头万绪并非我们想象的那么多，也没那么严重，只要我们懂得释然。

又聊了几句，我们惊讶得几乎同时喊出来："是有缘人啊！"原来，我俩居然是同年同月加入民盟的，是真正的盟友。

很快，我们就成了无话不谈的朋友。后来，我们一起参加了民盟组织的许多公益活动。

一晃，我加入民盟已经25年了。如今，我从牡丹江的那所中等师范学校调入哈尔滨师范大学已18年。这些年来，亲历的有关民盟的大事小事很多，而刚加入民盟不久发生的这两件小事，让我至今难以忘怀。无论是走了火的呵斥还是悉心的倾听，都让我看到了生活中的美好，看到了真诚与真诚的相握多么温暖，多么有力！

请接力好好读书

很偶然地，我认识了青年才俊庄亦妍。她是麻省理工大学毕业的博士，现为某大型军工企业的工程师，年纪轻轻便已取得了傲人的成就，拥有了令人羡慕的耀眼光环。

那个周末，她敞开心扉，向笔者讲述了她的家族接力读书的故事。

1

我的曾祖父是家中的长子。在 20 世纪 50 年代初，他带着一大家子 14 口人离开了沂蒙山区，闯关东来到黑龙江靠近兴开湖的一个小山村。

那时，家里实在是太穷了，一大家子人住的是四面漏风的泥草房，吃的是经常青黄不接的粗粮，穿的是补丁摞补丁的破烂衣裳。为了多赚一点儿钱，特别能吃苦的曾祖父找了一份极危险的工作——去采石场做了一名放炮手。采石场经常发生各种事故，采石人被砸死、砸残、砸伤的惨剧时有发生，曾祖父却故作轻松地安慰家人："我机灵着呢，老天也会保佑我的。"但他没跟家里人讲过，在一次冒险排除哑炮时，他差一点儿被炸到。

每当曾祖父出门上工时，曾祖母都会絮絮地叮嘱他要小心，他却笑呵呵地叮嘱她："不用担心我，倒是老三的学习，你一定得盯着点儿，他将来肯定能有出息。"

老三就是我的祖父，他当时正在离家40多里远的一个小镇上读初中。那会儿，家家户户的日子都过得紧巴巴的，几乎没人把读书当回事，村里能读完小学的都寥寥无几。可是，曾祖父却觉得，祖父是个读书的料，好好读书，将来他应该会有更好的生活。

祖父每个月月底能回家一次。再回学校时，曾祖母会给他准备一点儿炒黄豆、咸菜、大酱，偶尔，也会给他揣上两个煮好的咸鸭蛋。

往返于家和学校之间，祖父要用双脚丈量那长长的山路。他生怕磨坏了母亲亲手做的布鞋，便将布鞋揣在怀里，几乎一路都赤脚而行，脚底时常磨出很大的水泡或被草刺扎破，最终磨出了厚厚的茧子。

祖父说，那时候，能够有书可读，就觉得挺幸福的。他读书很用功，成绩一直在班级里名列前茅。快要毕业时，正赶上县里要招聘几名民办教师，他便去应考，一下子就考中了。虽说当民办教师，每月工资只有 22 块钱，但也可以贴补家里的开销。

祖父教书很认真，学生很喜欢他，他很快就成了乡村方圆百里有名的老师。后来，他被调入了县城一所中学，不久又转为公办教师，给家人脸上添了光彩。

2

祖父结婚那天，平素几乎滴酒不沾的曾祖父，竟破天荒地喝了一大杯高度的玉米小烧。曾祖父涨红着脸，一边骄傲地接受村里人的夸赞，一边不无得意地炫耀："我当初省吃省喝地供老三读书，很多人还说我白瞎钱。现在看到了，他自己挣工资了，找的媳妇也是挣工资的，还是一个副局长的闺女呢！"

好多天里，曾祖母高兴得好像走路捡到了一块金子，皱纹似乎也舒展开了，尤其是穿上儿媳妇买的花布衫，仿佛一下子年轻了好多。

祖父心中一直十分感激父母，是他们的目光投得远，才让他有了那样的人生走向。

再后来，勤勉、踏实的祖父当上了县城最好的那所中学的校长。他不仅把很多寒门学子送进了大学，还让自己的儿子，也就是我的父亲，从小就拥有了较好的读书条件，一路成绩优秀，考上了北师大，并成为省城哈尔滨一所大学的教师。

祖父也没忘记一辈子和庄稼地打交道的兄弟姐妹，除了力所能及地在生活上接济他们，还帮助几个基础较好的侄子、侄女、外甥女进县城读了高中，考上了大中专学校，各自找到了一份令人羡慕的工作。

村里的人们都啧啧地赞叹祖父，说投资孩子读书，是最划算的，老庄家一个孩子有出息了，家里的亲戚都跟着沾光，甚至连乡邻们也借了光。

最让曾祖父自豪的是，他带了一个好头，祖父做了一个楷模，让四邻八乡的村民们真切地认识到：寒门子弟有一条可以改变命运的光明之路，那就是一定好好读书。

后来，村里家家户户都比赛着供子女读书、考学，谁家的孩子书读得好，考的学校好，谁走起路来就扬眉吐气。若干年后，曾祖父生活过的那个乡，居然成了全县学习风气最浓的地方，一批批学子陆陆续续走出山村，走向全国各地。

3

父亲有一个木箱子，里面装满了《儿童文学》《少年文艺》《诗刊》《收获》等杂志，那是他读小学、中学时，祖父为他订阅的。那些美丽的诗文早早地开阔了他的视野，让他知道了外面的世界有多么精彩。

父亲在读小学时，家里的经济条件就已经很不错了。他吃得好、穿得暖，似乎不好好学习，不以优异的成绩超越父辈，都对不住父母给他创造的"良好家境"。

那年高考，他考出了全县第一名的成绩，被北师大中文系录取了。那个秋天，曾祖父平生第一次慷慨了一回，买了两瓶茅台酒，与家人们好好地庆祝了一番。

父亲要去学校报到了，曾祖父叮嘱他："人外有人，一定要好好学，给咱老庄家争光。"

父亲笑嘻嘻地说："爷爷，您放心，我一定沿着您老指引的方向奋勇前进。"

几年后，父亲又考取了北师大的研究生。他一边做学问，一边搞创作，在校读书期间，就在报刊上发表了不少文学作品。

研究生毕业后，父亲为了和恋人，也就是我的母亲分到一起，放弃了在北京工作的机会。祖父却很知足："我是乡村到县城，你是从县城到省城，进步显著。"

"那就等着让我的孩子留在北京吧。"父亲当年的一句戏言竟轻松地变成了现实。

家庭的耳濡目染让我从小就喜欢上了读书，几乎没费什么劲儿，我就一路读完了省城最好的小学和中学，轻松地考上了名牌大学，轻松地拿到了世界名校的博士学位，32岁就成了北京一所大学深受学生喜爱的教授。

4

当不少人赞叹我是"学霸"时，我有些骄傲地说："只因我出生在了一个崇尚读书的好家庭里，是几代人接力读书，为我的成长铺出了一条平坦的道路。"

其实，在曾祖父冒着生命危险赚钱供祖父念书那会儿，就已开启了他的后辈们接力读书之路。从祖父那一代开始，读书的条件越来越好，读书成才越来越容易，读书成就未来的机会也越来越多。

那天，与一位老教授谈论起当下的寒门学子考上名牌大学难度加大这一社会问题时，他不无感慨地反问："凭什么你的十年苦读就一定要超过人家几代人坚持不懈的努力？"

细细想来，老教授的话是有一定道理的：无论过去，还是现在，家庭背景对孩子的人生发展都会产生不可忽视的影响，而一代又一代人接续不断地打拼，所养成的良好的家风，无疑也会明显地影响着这个家庭的走向。

每当我取得一些成绩时，我都会暗暗地告诉自己：我承载着前辈们的隐隐期望，也蒙受着前辈们的恩泽，自然应该继续努力，争取做得更好，为后代做一个热爱奋斗的榜样……

爱得越来越小

刚上大学时，师兄岛子写过一首令人热血沸腾的抒情诗——《我的爱》，诗中激情澎湃的爱喷薄而出。在青春的眸子里，爱无处不在，似乎每一座山、每一座河、每一条街道、每一段经历，甚至辽阔的远方、陌生的人们、世间的万事万物，都值得倾心去爱。年轻的爱那样无边无际，那般无拘无束。

仿佛不经意间，许多青春往事便搁浅在了时光渐老的河流上。

早春三月的一个周末，我出差来到那个叫四平的小城，竟然在临街的一家小饭馆邂逅了岛子。彼时，他正与两个诗友小酌，几样简单的小菜、几瓶廉价的啤酒，喝得三个人红光满面。

不用客气，我立刻挨着岛子坐下来，接过他递过来的酒杯，寒暄两句，便与老友和新朋一起举杯，为这欢喜的遇见。

岛子特意为我点了一盘酸菜炒粉条和一盘蒜泥血肠，还得意地问我："口味没有变吧？"

我笑了笑说："谢谢师兄！你还记得我读大学时喜好的口味。"

岛子也笑了："从前的许多大事我大都不记得了，只记得一些琐碎的小细节了。"

真是红颜弹指间啊！我都已经大学毕业 30 年了，曾经的许多豪情壮志皆已杳然随流水而去了。

感伤虽然在所难免，但心头仍有欣喜，我与岛子还有许多细碎的"记得"。我忽然想起杜甫的"莫思身外无穷事，且尽生前有限杯"，便提议为窗外正柳芽鹅黄、细雨斜飞的春天再干一杯。

很快，我们便聊到了岛子近年来的日常生活——波澜不惊的工作、女儿攻读博士的欢喜、与妻子左手握右手的亲切、还有对某些诗坛怪相的释然……聊着聊着，岛子说了一段很有意味的感慨："年轻时的爱宏大、泛滥而不执着，如今年过半百，蓦然发现自己的爱开始变得越来越细小，好像自己现在只爱眼前的方寸天地了。"

"而且，这时的爱更深，也更坚定了。"我颇有同感地补充道。

"的确，走过万水千山，才发觉眼前的风景最值得好好欣赏。"岛子还跟我讲了他的近况：去年，他在市郊买了三间平房，房前种花，房后种菜；夏日午夜听雨，秋天窗前望月；一壶茶，几册闲书，常常几个小时一晃就过去了。偶尔，他也去邻居家转转，看一屋人热火朝天地玩扑克、侃大山，他也像老朋友似的，与众人闲聊家常……烟火味十足的日子，悠悠然，陶陶然。

我问岛子是否还写诗歌，他毫不迟疑道："当然写啊！写门前的牵牛花，写围着豆角架跳舞的蝴蝶，写陪着妻子逛街的好心情……"

"都是眼前的点点滴滴，可不是什么宏大叙事啊。"我逗他。想当年，他可是雄心勃勃地热烈憧憬过要写出传世大作的。

"哈哈，我现在已经真正地学会'怜取眼前人'了，爱上了牛毛一样的细小。自然的、真实的、亲切的、让人心生欢喜的，那些触手可及的人、事、景、物，足以让我尽情地爱个够。"岛子的眼里闪着动人的光泽。

"真好，越爱越小。"我情不自禁地赞叹道。

那天，与一位退休的著名企业家聊天，他自豪地告诉我，这两年，他迷上了两件事——养花和做菜。他家硕大的阳台已变成了一个姹紫嫣红、芳香四溢的花园。他精心侍弄，像一个爱心满满的花匠。他还饶有兴致地钻研菜谱，烹、炒、煎、煮，样样上心，拿手的菜已有20多道……他感叹，上了年纪后，他爱得更狭窄了，却爱得更浓了。

原来，年轻时的爱那般海阔天空，等到青春一散场，爱便转入狭窄的一隅，转向眼前的一方天地。小小的琐细，却依然可以爱得痴迷，爱得诗意芬芳。

只爱如意者一二

我去杭州开会时，经好友引荐，结识了美食家陈先生。

我对饮食不大讲究，酸甜咸辣的各色菜品皆来者不拒，从不挑剔。

那日，听陈先生聊起杭州有一家百年老店的鱼做得特别地道，其最负盛名的是清煮鳜鱼，每天限量供应，想品尝须提前预订。

好友吃过天南海北的各类鱼宴，蒸、煮、烹、炸、烤的鳜鱼，均已多次品味过。闻听陈先生的一番夸赞，不禁立刻心驰神往起来，恨不得马上赶往那家名店，一尝为快。

陈先生也是一个爽快人，他马上打电话给饭店老板，看看能否预订上那道最有名的清蒸鳜鱼，他想尽一下地主之谊，招待一下我这个新朋友。

跟陈先生交情很深的老板直言相告："再过两天吧，兴凯湖的鳜鱼就快运到了。"

原来，鳜鱼对水质、水温的适应性很强，江南江北许多地方都盛产鳜鱼，但各地的鳜鱼品质各异，尤以中俄边界的兴凯湖出产的纯天然鳜鱼（当地人俗称"鳌花鱼"）最为珍贵。

难却陈先生的盛情，我便在杭州多住了两天，只为有缘一同品味那道佳肴。

走进那家百年老店，我和好友立刻被店内独特的装修风格深深吸引住了，那各种各样的和鱼有关的饰物、图片、文字琳琅满目，直叫人慨叹其鱼宴文化实在太浓郁了。

一杯清茶未尽，服务生就给我们上菜了。

咦？不对啊。服务生竟一下子端上来两盘一模一样的清蒸鳜鱼，还有两盘一模一样的清拌笋丝。然后说菜上齐了，请我们慢慢品用。

好友和我一样颇为疑惑，惊讶地望向老陈。明明此店有着数百种口味不错的菜品，老陈为何偏偏只点这两种，且每样还要重复点两盘呢？

老陈看出我俩的心思笑了："这里美味的菜的确挺多，但今天我只推荐我钟爱的这两道，请二位尽情品味。"

"是不是美味不可多得呀？"我仍有些不解。

"至爱的美味若可得，当尽情得之。"老陈的美食之道新鲜，又别有意味。

听了老陈对菜品的精妙点评，再细品那堪称至味的一荤一素，其绝美之处实难形容，我便不顾吃相地大快朵颐。

好友边吃边啧啧赞叹："就连寻常的笋丝也做得这么不同寻常，真乃烹饪大师啊。"

"其实，每个烹饪大师最拿手的菜品也不过那么几道，我们也应该只爱自己最如意的一二。"老陈的美食经验真是耐人咀嚼。

"人生亦应如此，只爱如意者一二。"我不禁心生感叹。

"既然人生不如意者十之八九，那就好好地爱那如意者一二吧。"好友亦有同感。

生命委实太短，被某些不快所缠绕，或者纠结于某些烦恼之事，实在算不上聪明。

我认识一位老者，年过九旬依然耳聪目明，说话声音洪亮，条理清晰。问其养生之道，她笑曰："非常简单，心里只装欢喜的事，自然活得轻松。"

没错，谁的生活里没有一些烦心事呢？聪慧的人懂得将烦心事推到一边，给自己找一些快乐的事，多去欣赏美景，多去遇见欣悦，让欢喜常驻心田。

我读过一个励志小故事：一位登山者因一次意外摔断了双腿，他却笑着告诉别人，还好，他心头攀登峰顶的梦想还在。多年后，他借助一副假肢，攀上了非洲的最高峰。

许多人赞赏登山者的乐观与坚强，我却欣赏他在遭遇生活打击时依然"爱我所爱"，双眼紧紧地盯着自己喜爱的运动。人生路途上那些艰难险阻，真的不必过多地在意。

与其抱怨生活中不如意的十之八九，不如投入地爱那如意者一二。如此，幸福便自然会更多一些，人生也会更精彩一些。

拥抱最好的你

在开往北极村的长途列车上，对坐的那个小男孩目光清澈，衣衫干净，他拿着水彩笔在一张白纸上饶有兴致地抒情写意。

聚精会神地画了许久，他将画作拿给身旁的母亲看，母亲边欣赏边赞叹："石头，你画得真是越来越好了，快给这位叔叔讲一讲，你画的是什么。"

只扫了一眼，我便惊讶了——画纸上杂乱的构图、凌乱的线条、不均匀的色彩、毫无章法的随意涂抹，实在太抽象派了，根本看不出他画的是什么，我相信幼儿园的任何一位小朋友的信手涂鸦，都能胜过他这幅"佳作"。

小名叫石头的男孩仰起头来，指着画作一脸认真地告诉我："这是石头，这是花叶，这是花朵，我画的是石头开花。"

好美的构思啊！可惜，他的画技太不给力了，我在心里暗暗地为他摇头。

石头的母亲却似乎没看到我的不屑，继续大声地夸奖："石头的想象力真棒！"

经过一番交流，我得知，石头患了先天性智障，辗转了好多家医院，求助了好多位专家，病情依然没有好转，10 岁了，石头的智力甚至低于许多两岁的幼儿。

"他病成这个样子，依然是我们最好的孩子。"于是，母亲辞掉了工作，全身心地照顾他，父亲则又找了一份兼职，两人要齐心协力地给儿子更多的爱。

很自然地，他们欣赏到了儿子诸多"最好的表现"：石头能把话说顺畅了，他们欢喜地举杯庆祝；石头能自己静静地画出一幅画了，他们开心得像买彩票中了奖；石头能认出小区花坛里的格桑花和鸡冠花，他们幸福得简直要放歌了……说起儿子点点滴滴的进步，母亲的眉宇间的自豪一览无余，连语气里都荡漾着欣悦。

刹那间，我想起一位教育家说过的话："懂得欣赏的家长，能看到孩子最好的一面，能拥抱孩子最好的一面。"

不幸的石头又何其幸运？他平凡的父母始终拥抱的正是心中"最好的你"。

年仅 45 岁的同事晓芙，体检时查出了肝癌晚期，已无法手术，无法化疗和放疗，医生断言她的生命至多还有半年。

周末，约了几位好友，一起去看望晓芙。刚一见面，晓芙就笑盈盈地夸耀："快看，我的头发多黑、多亮啊，纯天然的。"

还没落座，晓芙便热情地引领我们到阳台上参观她精心养育的一盆盆花植，她不无骄傲地告诉我们，水仙花今年开过三次，昙花上个月开过了，养了五年的多肉春天也开出粉色的小花，从不开花的绿萝就知道拼命地往上攀爬，也想着将最好的自己展示出来……

看到写字台上摆了帕斯卡尔的《思想录》，一位好友随口说出这位思想家的名言："人是一株会思考的芦苇"，晓芙立刻接过话来："我愿意向最好的芦苇低头。"

接下来，晓芙又请我们品尝她刚刚出炉的蛋糕，我们啧啧地夸奖她的烹饪手艺，她仔细地给我们讲解原材料的选择、制作的流程、烘烤的窍门……仿佛正站在大学讲台上，面对着一群求知若渴的学生，她那份忘我的投入让我们一时竟忘了她身患绝症。

临别时，晓芙告诉我们一个秘密：她准备抽时间，回千里之外的农村老家，去看看村子后面那条无名的小河，再让小山上那些漂亮的白桦树看看依然美丽的自己。

"真好，你一直都让我们看着最好的你！"我被晓芙的言行感动得眼睛有些湿润了。

"那就赶紧拥抱一下最好的我吧，拥抱一下就能获得一些正能量，哈哈哈。"晓芙爽朗地笑着，与每个人拥别。

走出好远了，回头看到晓芙仍在阳台上望着我们，我们便一起冲着她大声喊："晓芙，拥抱最好的你！"

那是喊给晓芙由衷的祝福，也是喊给我们自己的真切的期望。

那日，读到一篇美文《喜欢你是一首诗的样子》，我的心怦然一动，脑海中蓦然迸出六个字——拥抱最好的你。

最好的你，随时随地都会遇见。我愿意怀一腔柔柔的爱，向最好的事物致意，一片流云、一朵小花、一声鸟鸣、一树青翠，都会让我低头，让我凝视；一位熟悉的朋友，或一个擦肩而过的陌生人，都会让我流露出真诚的微笑，让我敞开热情的怀抱。

最好的你，其实有时正是热爱生活的自己。如此，我愿意用一生的欢喜，去拥抱每一个迎面而来的日子，平凡或伟大，简单或繁复。我会一直以温暖的拥抱，感知生命的充盈，感受岁月的美好，并幸福地告诉世界，人间值得。

纯真不老

我已过了不惑之年，自以为见识过不少的世事沧桑，许多的少年情怀早已更改，唯独不变的是对三毛的很多文章依然十分喜爱。每一次捧读，仍心潮澎湃，浮想联翩。只因那字里行间随处散落的都是直抵心灵的纯真，那些不事雕琢的纯真仍如晴空般澄碧、沙粒般自然。

由此，我便更加相信，老去的只是光阴，纯真仍如河边少女那嫣然的笑靥，仍在刻骨铭心的记忆深处，兀自年轻着。

一对在榆荫里并坐纳凉的老人，均已年过八旬，满脸的皱纹像老榆树的皮，怎么努力地舒展都找不回曾经明媚的青春了。可是，他们仍有着孩子般的童心，彼此指着对方如霜的白发，争着说自己看起来更年轻。老头说不过老太婆，便孩子气地扭过头去，赌气似的去看不远处那翩然的蝴蝶。老太婆先是任性地由着老头，也眯着眼睛赏那天空舒卷的云。

没过多大一会儿，她便绷不住了，率先投降了，像哄孩子似的抚弄着老头的头发，低眉顺眼地夸他，说还是他显得年轻，一如从前那样帅气。老头忸怩了一下，便如同得了大奖，开心地咧开嘴巴，嘿嘿地笑了。老太婆便嗔怪了一句："都这把年纪了，还这么争强好胜。"那语气里却分明有无以掩饰的幸福在洋溢。

谁说红颜弹指老？眼前那一片无邪的纯真让我不由得心生感动，一时忘却了时光的远走，满眼里盈着的都是羡慕。

一位经常游走于天南海北的朋友，曾向我讲过许多有趣的途中见闻。每一次讲述，他都会情不自禁地感慨：一个人在路上，其实并没有想象中的孤单。尤其是在陌生的地方行走，只要自己心存善念，少一些不必要的戒备，多一些与人相知的敞开，总会遇到很多纯真的人，会说许多纯真的话，会留下许多纯真的故事。

原来，纯真这么神奇，还可以成为沟通心灵的极佳的语言。一抹微笑、一句问候、一个动作，甚至只是一个眼神，瞬间便可以融化陌生，拆除隔阂。

就像没有人喜欢言不由衷的客套，没有人喜欢老气横秋的成熟，更没有人喜欢装腔作势的老练。生活中，许多人都渴望能够遇见心地纯净的人，愿意与心怀纯真的人交往。面对纯真，彼此的心灵都无须设防，所有的芥蒂都会悄然消失，自然就有了轻松、自如，有了淡定、从容。

曾采访过一位大师级的老画家，闲聊时，说到最让自己着急的一件事情，老画家记忆犹新地回忆起 60 岁那年春天，他与老伴一同去嘉陵江边写生。天地间呈现的那一幅美景吸引了他，他立刻沉浸其中。不经意间回头，忽然不见了老伴的身影，他立刻慌了神，扔下画笔，大声地喊着老伴的小名，在江边跑着找寻。直到看见老伴在不远处正和两个孩子津津有味地堆着沙包，他才放心地笑了。老画家开心地讲述甜蜜的往事时，他的老伴就坐在旁边，笑眯眯地仰头看着他，一如孩童般的得意。

那温馨的一幕是定格在我心中的老画家没画出的最美的一幅画。

洗却铅尘见真醇，一览无余的爱那样的真、那样的纯，任是什么样的语言遇见了都会羞愧于自己的苍白。

纯真不老。一位卖肉的中年人，在与我谈到自己写的诗歌时，他目光里闪动的那片光亮就是纯真，晶莹剔透；街角那位修鞋的老人，在向我夸耀自己有出息的孙子时，他语气里流淌的自豪就是纯真，朴实无华；电视里那位白发苍苍的老影星，在忆起第一次排戏挨了导演的骂时，她毫不遮掩的感激也是纯真，坦然大气……

于滚滚红尘中，任凭头顶如何风吹雨打，任凭身边诱惑如何闪烁，一个人若能够始终不失自我，始终保有一颗纯真的心，便能将

许多功名利禄看淡，将许多复杂的事情简单化。而那的确是一种人

生大境界的追求，是一种归于大化的超然。

能够经常地拥抱不老的纯真，不仅体现着一个人的品性，还体

现着一个人为人处世的智慧。